棒
▼ Episode 8
▲ Episode 12

Season21

▶ Episode 8

▼ Episode 9

相棒 season21

中

脚本・輿水泰弘ほか／ノベライズ・碇 卯人

朝日文庫

本書は二〇二二年十月十二日～二〇二三年三月十五日にテレビ朝日系列で放送された「相棒　シーズン21」の第九話～第十四話の脚本をもとに、全六話に構成して小説化したものです。小説化にあたり、変更がありますことをご了承ください。

相棒 season 21 中 目次

装幀・口絵・章扉／大岡喜直（next door design）

杉下右京　警視庁特命係係長。警部。
亀山薫　警視庁特命係。巡査部長。
小出茉梨　家庭料理〈こてまり〉女将。元は赤坂芸者「小手鞠」。
亀山美和子　フリージャーナリスト。薫の妻。
伊丹憲一　警視庁刑事部捜査一課。巡査部長。
芹沢慶二　警視庁刑事部捜査一課。巡査部長。
出雲麗音　警視庁刑事部捜査一課。巡査部長。
角田六郎　警視庁組織犯罪対策部薬物銃器対策課長。警視。
益子桑栄　警視庁刑事部鑑識課。巡査部長。
土師太　警視庁サイバーセキュリティ対策本部特別捜査官。巡査部長。
大河内春樹　警視庁警務部首席監察官。警視正。
中園照生　警視庁刑事部参事官。警視正。
内村完爾　警視庁刑事部長。警視長。
衣笠藤治　警視庁副総監。警視監。
社美彌子　内閣情報調査室内閣情報官。
甲斐峯秋　警察庁長官官房付。

相棒

season

21 中

第八話

丑三つのキョウコ

一

真夜中の公園で、ストレートの黒髪を長く垂らした女が、地べたにひざまずいて素手で地面を掘り返していた。闇の中、女の着た白いだぶだぶのコートだけがぼんやりと浮かび上がっていた。

女は必死になにかを探しているらしく、ときおり「ない……ない……」というつぶやき声が漏れていた。

残業で帰宅が遅くなった会社員らしい男が通りがかりに白いコートの女に気づいた。

「なにかお探しですか?」

「ないの!」女がヒステリックに叫ぶ。

「なにがですか?」

「ないのよ!」女は地面を掘る手を止めて、振り返りながら立ち上がった。「私の心臓が!」

女の顔は真っ青で、胸の辺りが血で真っ赤に染まっていた。男は腰を抜かしてその場にへたり込み、驚きのあまり声も出せなかった。

女がおもむろに包丁を取り出し、高々と振り上げて叫んだ。

「だから……」

「……だから、あなたの心臓をちょうだい！って、この話、どう思います？」

家庭料理〈こてまり〉のカウンター席で、亀山美和子《かめやまみわこ》が話をしめくくり、同席していた夫の薫《かおる》と杉下右京《すぎしたうきょう》に意見を求めた。

最初に反応したのは、カウンターの中にいた和装の女将《おかみ》、小手鞠《こてまり》こと小出茉梨《こいでまり》だった。

「知ってる、それ。『うしみつのキョウコ』」

「そう！」美和子が小手鞠を指差した。

薫は戸惑っていた。

「うしみつのキョウコ？　なんすか、それ？」

小手鞠が笑いながら答える。

「丑三《うしみ》つ時《どき》、白いコートのキョウコに会ったら最後、心臓をえぐり取られる……」

「えっ、心臓を？」

薫が怪訝《けげん》そうに胸に手を当てると、美和子が言った。

「助かる方法はただひとつ。ハート形のキーホルダーを投げる。それをキョウコが心臓だと思って追いかけた隙に逃げるしかない！」

「ハート形のキーホルダーって……」

話のオチに呆れる薫の目の前に、美和子が大きなハートのキーホルダーを突き出した。

「これこれこれ！」

いつもの角の席でゆっくりと猪口《ちょこ》を傾けていた右京が話に加わった。

「今、ＳＮＳで話題の都市伝説ですよ」

「なんだ、都市伝説か。しょうもなっ！」

「そうなのよ。しょうもないのよ。でもさ、これのネット記事、頼まれちゃってさ」

フリーライターの美和子がぼやくと、小手鞠が話を広げた。

「昔もありましたよね。なんでしたっけ、あの……人面犬とか、トイレの花子さんとか」

「根拠が曖昧《あいまい》ながら、特定できない人物が体験した話として、まことしやかに語り継がれていくのが都市伝説ですね」

生真面目に応じる右京に、薫が訊《き》いた。

「えっ、右京さん、この手の話好きなんですか？」

「ちょっと好きですね」

「えっ、意外！」

「ただ、今の都市伝説って、昔の都市伝説と違って、広まり方がむちゃくちゃ速いんですよ。このうしみつのキョウコなんて、動画まで……」

美和子がタブレットを取り出し、動画を再生した。深夜の歩道橋を白いコートを着た長い黒髪の女が手すりに手をかけながら歩いていく映像が素人《しろうと》っぽいアングルでとらえられていた。

「これがうしみつのキョウコ?」

薫は笑い飛ばそうとしたが、上司である警視庁特命係の警部、杉下右京は真剣な目つきで動画を見つめていた。


翌朝、都下のフリースクールで男の遺体が見つかった。捜査一課の刑事、伊丹憲一《いたみけんいち》が臨場したときには、鑑識課の捜査員たちが初動捜査を進めていた。

遺体に手を合わせる伊丹に、鑑識課の益子桑栄《ましこそうえい》が死因を説明した。

「鋭利な刃物で胸を刺されたことによる失血死だな」

益子の言うとおり、遺体の左胸は血で染まっていた。

「死亡推定時刻は?」

「午前一時から三時の間ってとこだ」

「先輩!」

先に到着し、聞き込みをしていた捜査一課の芹沢慶二《せりざわけいじ》が同僚の出雲麗音《いずもれおん》とともにやってきた。

「被害者は河上昌也《かわかみまさや》さん、三十七歳。このフリースクールの代表です」

「フリースクール……」

　ピンと来ていないようすの伊丹を、麗音がフォローする。

「主に不登校や引きこもりの方に勉強を教えていたようです。以前は寮も兼ねていましたが、今は誰も住んでいません」

「あっ！　いつの間に……」

　肩越しに誰かを見つけたらしい芹沢の視線を追って、伊丹が後ろを振り返る。ちょうど特命係の右京と薫が入ってきて遺体に手を合わせたところだった。

「おいおい！　なに拝んでるんだ。出て」

　すぐさま追い出しにかかる伊丹に、薫が聞こえよがしに言った。

「いいのかなあ？　重要な情報があるんだけどなあ」

　そう言いながらスマホを掲げると、麗音が食いついた。

「えっ、なんですか？」

　薫が動画を再生する。黒髪を長く垂らした白いコートの女が道路をふらふら歩いていく映像が流れはじめた。

　麗音は反応が速かった。

「これ、うしみつのキョウコ！」

「ああ」

一方、伊丹は首をかしげた。

「なんだ、それ？」

「知らないの？　おじさんだねえ」薫が宿命のライバルをからかう。「今、流行ってる都市伝説だよ」

芹沢は動画の背景に着目した。

「これ、場所、この近くですよ。どうしたんですか、この動画？」

「うちの美和子がSNSにアップされてるって教えてくれたんだよ」

薫が動画の投稿者を示すと、伊丹がその名を読み上げた。

「ウォーキング大好きマン……？　撮影された時間は？」

「今日の午前二時十五分」

「先輩、それ、死亡推定時刻内ですよ」

「しかも、ちょうど丑三つ時」

芹沢と麗音が顔を見合わせるなか、伊丹は薫に食ってかかった。

「つまりなにか？　その都市伝説のうしみつのキョウコとやらが実際に出てきて、人を殺したっていうのか？　ふざけんな、おじさん亀！」

「おじさんがなんか言ってる」薫は受け流し、遺体のそばに屈《かが》みこんでいる上司のもとへ駆け寄った。「右京さん、なにやってるんですか？」

「いえ、こんなものがあったんですがね」

白手袋をはめた右京が遺体のそばから、引きちぎられたような小さな紙片を取り上げた。

「なんですか、これ？」

「なんでしょうねえ……」

ウォーキング大好きマンは本名を小池《こいけ》という色白の男だった。身にまとったランニングウェアの中で小太りの体がはちきれそうになっていた。

「あなたがこの動画を撮った、ウォーキング大好きマンさん？」

取り調べのために呼んだ伊丹が確認すると、小池はやや甲高い声で嬉しそうに答えた。

「はい！　そうです！」

「アカウント名っていうの？　これもご自分で？」

「ええ。昨日もウォーキング中にたまたま撮れて」

「あっそう」

伊丹が呆れていると、小池はスマホを取り出した。

「へえ！　取調室ってこんな感じなんですね。動画回していいですか？」

芹沢が制止する。

「駄目に決まってるでしょ」

伊丹が咳払《せきばら》いして話を戻した。

「あの動画を撮ったとき、現場から立ち去った人とか見てない？」

「見てないです。遺体があることも知らなくて。いやあ、でもそれ撮ってたら、もっとバズってましたよね！」

芹沢がうんざりした顔で言った。

「だから、そういう問題じゃないでしょ」

そんなちぐはぐな取り調べのようすを、右京と薫は隣室からマジックミラー越しに眺めていた。

その夜、右京は特命係の小部屋で、小池の撮影した動画をパソコンで見ていた。動画には一万を超える「イイネ」がつき、「うしみつのキョウコは実在してた！」とか「大スクープでしょ、これ！」など、多数のコメントが寄せられていた。

薫が背後からパソコン画面をのぞきこむ。

「とんでもない数の『イイネ』がついてるな」

そこへ組織犯罪対策部薬物銃器対策課長の角田《かくた》六郎《ろくろう》がふらっと入ってきた。

「うしみつのキョウコか。ネットニュースにもなってる。大人は面白がってるけど、子供は相当怖がってるらしいぞ」

　薫もその噂はすでに知っていた。

「ええ。夕方の公園から子供たちが消えたって……」

「うしみつのキョウコの弱点のハート形のキーホルダーも相当売れてるみたいですねえ」

　右京はそう言うと、特命係のコーヒーサーバーからマイマグカップに勝手にコーヒーを注《つ》ぐ角田に目を転じた。右京の視線に気づいた薫も倣《なら》う。ふたりの好奇心に満ちた眼差しは、角田のズボンのポケットから飛び出したハート形のキーホルダーに向けられていた。

　角田がふたりの視線に気づいた。

「ん？　違う違う！　これはカミさんが万が一のためにってね……」

　そそくさと逃げ出す角田を笑いながら見送って、薫が言った。

「やっぱりどう考えたって、こんなもん偽物《にせもの》ですよ。くだらない」

「亀山くんと同じ意見の方もいらっしゃいますよ」右京がいくつかのコメントを読み上げた。「『あれは絶対ニセモノ！』、『ウォーキング大好きマンは絶対ヤラセやってるわ』、『ウォーキング大好きマンが投稿したうしみつのキョウコは捏造《ねつぞう》決定！』」

「捏造……」

　薫がコメントに目を走らせる。どのコメントも同じ人物による投稿だった。右京が言った。

「この『sashimi』というアカウントの人物が、昨夜の動画に対してかなり激しく攻撃していますね」

「『さしみ』ねえ」

右京はすでにこのアカウントを調べていた。

「この方は半年前にはじめてうしみつのキョウコの動画をアップした方です。その後も多くの情報や動画を上げてはいるんですがね」

「でもなんで今回の動画が偽物だって言い切れるんですかね？」

薫が疑問を呈すると、右京が同調した。

「そこです。気になりますねえ」

二

翌日、右京はsashimiと待ち合わせをしている公園に出向いた。指定した場所にカラーレンズの眼鏡《めがね》をかけた中年男がいたので、声をかける。

「失礼します。昨日ダイレクトメッセージを送った者ですが、sashimiさんですか？」

男はびっくりした顔で振り返った。

「いえいえ、違います。私も彼にＤＭを送った者でして」

「おや、そうでしたか。失礼ですが……」

同じ頃、薫は事件のあったフリースクールの近くの路上で、聞き込みをしていた。

「いや、そうなんですよ。何度も見ました」

近所の主婦が声を潜めるのを聞き、薫が真剣な顔になる。

「本当ですか？　その話、ちょっと詳しく聞かせていただいてもいいですかね？」

右京は眼鏡の男から名刺を受け取ったところだった。男の肩書きは〈栄和《えいわ》国際大学客員教授となっていた。

「大村啓太郎《おおむらけいたろう》さん。社会心理学者でいらっしゃる？」

「ええ」カラーレンズの眼鏡男、大村が認める。「警察の方がなんでまた……」

「昨日とある事件がありましてね、その関連で」

「ああ、そうなんですか」

「大村先生はなぜsashimiさんにダイレクトメッセージを？」

「私は都市伝説の研究をしておりまして」

「ほう！」右京が水を向ける。「といいますと？」

「都市伝説は古来の伝説や伝承と違って、実際にあった出来事として語られます。その歴史は意外に古く、一説では一九六〇年代のフランスで女性の誘拐事件の噂話が広まったのがはじまりとも言われてるんですよね」

右京は博覧強記で知られていた。

「存じてます。日本に伝わったのは一九八〇年代の消えるヒッチハイカーの話でしたねえ。海外で『アーバン・レジェンド』と言われていた言葉が『都市伝説』と訳されて広まっていった」

「お詳しい！　話が合いそうだなあ」

大村が感心したとき、二十代前半と思《おぼ》しき若い男が近づいてきた。男が肩にかけたトートバッグにはハート形のキーホルダーがついていた。

「DMいただいたsashimiですが……」

右京が振り返った。

「あなたですか。警視庁特命係の杉下と申します」

「私は社会心理学者の大村です」

「松田《まつだ》です」

sashimiの本名は松田綾人《あやと》だった。三人は近くの喫茶店に場所を移して話をすることにした。

「松田さんのSNSを拝見しました。別の方がアップしたうしみつのキョウコの動画、あれは完全に偽物だと？」

　右京が話を切り出すと、松田は即答した。

「ええ。絶対捏造ですよ」

「なぜそう言い切れるのですか？」

「だって昨日のあの時間、僕、別の場所でうしみつのキョウコを見たんですから」

「ほう！　それはどちらで？」

「隅田川沿いの公園です。これ……」松田が右京と大村にスマホで動画を見せた。夜の公園を白いコートを着た黒髪の人物がふらふらしながら歩いていく後ろ姿が映っていた。

「コンビニの帰りに怪しい人影が見えたんで、ビデオカメラ回したら……。目が合いそうになって怖くなっちゃって、ソッコー逃げました」

「なるほど」右京がうなずく。「隅田川沿いの公園と昨日の事件現場とではかなり距離がありますねえ」

　大村が会話に加わった。

「その女の人、血だらけだったんですか？」

「はい。胸のあたりが真っ赤で……」

　右京が左手の人差し指を立てた。

「ひとつよろしいですか？」

「なぜ、すぐに警察に知らせなかったんです？」

「はい」

「えっ？　ああ、それは……」

松田が一瞬口ごもると、大村が答えた。

「ああ、あれですか。うしみつのキョウコの都市伝説。警察に通報したら呪われる、ってやつですよね」

「それです。だから言えなかったんですよ」松田は大村に同意したうえで、自分の意見を主張した。「とにかく向こうの動画は白いコートを着た女の人が歩いてただけです。たまたまそこで誰かが死んでただけで、絶対ニセモノです」

「そうですか」

右京はなにか思案しながらうなずいた。

右京は特命係の小部屋に戻り、うしみつのキョウコの写真を何枚かホワイトボードに貼って検討していた。sashimiこと松田が最初に撮影した動画と今回撮影した動画、ウォーキング大好きマンこと小池が今回撮影した動画から切り出した画像をプリントアウトしたものだった。

そこへ薫が聞き込みから帰ってきた。

「戻りました」

「どうでしたか？」

「いやあ、殺害された河上昌也のフリースクール、かなり評判悪いですね」

「どういうことでしょう？」

「まず、河上昌也本人が子供の引きこもりで困ってる家族のところへ出向くらしいんです。そして、引きこもりの子を強引に連れ出し、寮とは名ばかりのなにもない部屋にほぼ監禁状態にする。その上で家族には高額の月謝、寮費、そして依頼料を請求。金を受け取るや、預かっていた子供を放り出す。結局その子は家に戻ってきて再び引きこもり、前以上に状態が悪くなると」

「なるほど」右京が理解した。「おそらく訴えられないように、同意書でも書かせたのでしょうね」

「ええ。同じような目に遭った人が何人もいたそうです。そう考えると、河上を殺したのは、被害に遭った人物の復讐《ふくしゅう》だったたってことも……」

「それが、たまたまうしみつのキョウコとして撮影された」

「ええ」

その夜、右京と薫が〈こてまり〉の暖簾《のれん》をくぐると、女将の小手鞠がスマホを見ながら楽しそうに笑っていた。

右京の顔を見るなり、小手鞠が言った。

「杉下さん、すっかり有名人になってますよ」

「はい？」

小手鞠がスマホを差し出して、動画を再生する。すると目線の入った右京が左手の人差し指を立てながら「ひとつよろしいですか？」と訊く場面が、何度もループして映し出された。

「ああ！」右京は虚を衝《つ》かれたようだった。

「sashimiの仕業ですね。『ひとつよろしいですか？』がトレンド入りしてますよ」

「『イイネ』の数もすごいですよ」

薫と小手鞠から指摘され、右京は苦い顔になった。

「胸のポケットに小型カメラを仕込んでいたようですねえ。僕としたことが迂闊《うかつ》でした」

「ふざけた野郎ですよ。ウケるためにこんなことまでしますかね？」

薫が非難したとき、美和子が「こんばんは」と入ってきた。

「こんばんは。いらっしゃいませ」

「ビールください」美和子は小手鞠にオーダーして席に着くなり、薫に言った。「ねえねえ、薫ちゃん、例の代表が殺されたフリースクールなんだけどさ……」

「ん？　都市伝説の取材してたんじゃなかったの？」

「いやあ、そう思っていろいろ調べてたんだけどさ、こっちのほうが問題じゃないかなと思って」

「こっちのほうがって？」

「これ、手に入れたスクールの写真。見てごらん」

美和子がバッグから写真を取り出し、薫に渡した。薫は右京にも見えるように、写真をカウンターの上に並べた。ジャージ姿の若者たちが河上とともに勉強しているところが写っていた。

「意外と女性が多いんだな」

「そうなんだよ。引きこもりって、なんとなく男性が多いってイメージなんだけど、実は女性も、なんですよ」

「女性の場合、主婦や家事手伝いにも引きこもる方が多く、実態が見えないと言われてますからね」

右京の言葉に、薫が深くうなずく。

「なるほど」

「日本って、女性はこうあるべきだっていう社会や周りからのプレッシャーが強いじゃないですか。そういう生きづらさのせいもあるんじゃないかなって思うのよね」

「まだまだ日本はそういうとこあるもんなあ」

「だから都市伝説はおいといて、引きこもりの女性に焦点を当てた記事を書こうと思ってる」

「すごくいいと思う。頑張って」

小手鞠が美和子の考えに賛成した。その間、右京は一枚の写真を取り上げ、しげしげと見つめていた。

「右京さん、なんか気になることでも？」

「亀山くん、彼女……」

右京がストレートの黒髪を長く垂らした、虚《うつ》ろな表情の女性を指で示した。

「あっ……雰囲気似てますね」

薫もその女性が、小池の撮ったうしみつのキョウコと似ていることに気づいた。

翌日、フリースクールの事務室で見せてもらった名簿から、その女性が青山加奈《あおやまかな》という人物だとつきとめた右京と薫は、さっそく自宅を訪ねることにした。

青山家は一軒家だったが、庭の手入れが行き届いておらず、門のところまで雑草が生い茂っていた。郵便受けには投げ込まれたチラシの類が放置されていた。薫がインターホンを鳴らしたが、反応もなかった。右京は勝手に敷地内に足を踏み入れた。

「右京さん、入っちゃって大丈夫ですか？」

そう言いながら薫もあとを追って敷地に入ったとき、背後から呼びかける声がした。

「あの、どちらさまでしょう？」

ひと抱えもある段ボール箱を両手で持った六十代見当の男性が門から入ってきた。

右京が警察手帳を掲げた。

「警察です」

「警察⁉」

「失礼ですが……」

「足立《あだち》と申します。加奈の高校時代の担任をしておりました……」

「ああ、先生ですか」薫が納得顔になる。

「いや、もう退職しました。あの、警察の方がどうして？」

「ああ……加奈さんにちょっとお話をうかがいたかったんですが、いらっしゃいますかね？」

「ちょっと待ってください」

足立達夫《たつお》はインターホンを押して呼びかけた。

「加奈、警察の方が話したいそうだ。先生も一緒にいる。入るぞ」

足立が合鍵で玄関のドアを開けて家に入ったので、右京と薫も続いた。居間のカーテンを開けて外の光を取り入れた足立は、ふたりに廊下につながるドアを目で示した。

「奥の左が加奈の部屋です」

ふたりは教えられたドアの前に立った。

「すみません、加奈さん、お邪魔しますね」

薫がドア越しに呼びかけ、続いて右京が丁寧に説明した。

「警視庁特命係の杉下と申します。三日前の深夜二時頃にどちらにいらっしゃったか、お聞きしたいだけなんですが……」

部屋の中からはなんの反応もなく、代わりに足立が訊き返した。

「なにか三日前のことでお調べを？」

「ええ、事件の参考までに」

「無理だと思います。加奈は誰とも話しませんし、もうずっと部屋から出てこないので……」

「そうですか」

三人はふたたび居間に戻り、薫が足立に質問した。

「加奈さんのご家族は？」

「父親はもうずいぶん前に……。母親はこの四月に亡くなりました。その葬儀のときも加奈は出てこなくて……」

「お葬式のときも？」

　薫が驚く傍《かたわ》らで、右京は足立に問いかけた。

「加奈さんは現在二十七歳。高校時代の担任だったあなたが、なぜ今でも？」

「加奈が引きこもるようになったのは私のせいなんです」足立はそう語ると、しばし沈黙したあとで続けた。「高校時代、加奈は体操部に所属していて、私は顧問を務めていました。全国大会出場がかかった試合のとき、加奈は足を痛めていたんです。でも責任感の強かった加奈は誰にも言わずに試合に臨んで、バランスを崩して平均台から落下してしまいました。足のことを知らなかった私は、加奈を頭ごなしに叱ってしまいました。『お前のせいで、みんなの夢が終わったんだぞ！』と」

　薫が事情を察した。

「彼女の引きこもりはそこからはじまった？」

「……はい。それから加奈はいっさいこちらの呼び掛けに応じてくれなくなりました」

「引きこもってからの食事とか、トイレは？」

「食事は母親がドアの前に。トイレやお風呂などは家族が出かけた隙に済ませていたようで」

「それで困ってフリースクールに依頼を？」

　右京が尋ねると、足立は「そう聞いています」と答え、今に至る経緯を語った。

加奈の母親の直子《なおこ》は、最後の頼みの綱として、フリースクールの河上に加奈を預けた。河上は「うちには加奈さんのように成人した方もいます。任せてください。すぐに元の元気な加奈さんに戻りますよ」と請け合ったという。

ところがひと月後には、加奈はジャージにサンダルという格好で突然帰ってきて、ひと言もしゃべらずに自分の部屋にとじこもってしまった。それから加奈の引きこもりが悪化した。直子の手元には、フリースクールからの高額の請求書だけが残ったのだった。

右京が棚に置かれている写真立てを手に取った。母娘ふたりが笑顔で寄り添う在りし日の写真が飾ってあった。

「そして、そのお母さまもお亡くなりになった……」

「ええ。過労死だったそうです」

「過労死？」薫が敏感に反応した。「フリースクールへの支払いで無理したせいですか？」

足立がポケットから一本の鍵を取り出した。

「亡くなる前、母親にこの家の鍵を渡されました。娘を頼みますと。支払いのほうは生命保険でなんとかなったので、今は週に三回、こうして食料や日用品を……」

持参した大きな段ボール箱に目をやる足立に、薫が同情した。

「俺も教師やってたんでわかります。教え子って、自分の子供みたいなもんですもんね」

段ボール箱の中を見ていた右京が、一通の封書を取り上げた。

「おや、これは？」

「ああ、以前に加奈の母親から預かった手紙です」

「そうでしたか」

右京から封書を受け取った足立は、再び段ボール箱の中に収めた。

しばらくして、右京は家の裏口から出て加奈の部屋を眺めた。カーテンがかすかに揺れており、加奈がひそかにこちらをうかがっている気配があった。

そこへ薫がやってきた。

「右京さん、足立先生、帰られました」

「そうですか」

「いや、でも加奈さん、ずっと部屋にいるってことは、うしみつのキョウコどころか、今回の事件には関係なさそうですね」

加奈の部屋の窓の外に置かれている木箱を一瞥《いちべつ》しながら、右京が言った。

「いったん引き揚げましょうか」

ふたりが門から出たとき、ちょうど捜査一課の三人がやってきた。さっそく伊丹が皮肉をぶつける。

「これは、相変わらず、鼻が利きますなあ、警部殿」

薫が伊丹と顔を突き合わせた。

「なんだあ、やっとお出ましか。伊丹巡査部長殿」

「おふたりはどうしてここに?」

探りを入れる芹沢を、薫が牽制《けんせい》する。

「内緒。でも彼女、お前らじゃ出てこないよ」

「バカめ、こっちにはほれ、出雲がいる」

伊丹の言葉を受け、麗音が前に出た。

「女性同士、腹を割って話すつもりです」

「うまく割れるといいけど。ねえ伊丹ちゃん」

宿命のライバルをからかう相棒を、右京がたしなめた。

「亀山くん、我々はここで」

立ち去る特命係のふたりを見送って、麗音がインターホンを押した。

「青山加奈さん、ちょっとお話をしたいんですが」

加奈は応答することなく、部屋のカーテンの隙間からじっと外のようすをうかがっていた。

三

その日の深夜、白いコートを着た加奈が自室の窓から身を乗り出し、外に積んであった木箱を踏み台にして家の裏口へ降りた。加奈はそのまま夜の通りへと出ていった。距離を置いて右京と薫があとを追っていることには気づいていなかった。

「しかし右京さん、よく気づきましたね」

「窓の外に都合よく、木箱が積み上げられていました」

「さすがです」薫が上司の観察眼に舌を巻く。「白いコートに長い黒髪。時刻は午前二時過ぎ。やっぱり彼女がうしみつのキョウコなんすかね？」

「どうでしょうねえ」

しばらくあとをつけていくと、若いカップルが加奈を見つけた。カップルの男は腰を抜かしそうになったが、女のほうがハートのキーホルダーを投げつけ、男にスマホで動画を撮るように促した。キーホルダーをぶつけられた加奈は踵《きびす》を返し、物陰に隠れた右京と薫には気づかずに歩き去った。そして、自宅へと帰っていった。

「あれ？なにもしないで戻っちゃいましたよ。どういうつもりなんですかね？」

尾行を続けていた薫が首をかしげたが、右京は黙したままなにも語らなかった。

数時間後の朝方、〈栄和国際大学〉客員教授の大村の遺体が都内の立体駐車場で発見された。遺体の左胸は鮮血で真っ赤に染まっていた。

捜査一課の三人から知らせを受けて、薫とともに駆けつけた右京は遺体に手を合わせてから言った。

「間違いありません。社会心理学者の大村先生です」

「死因は？」

薫の質問に、すでに検分を終えていた益子が答える。

「鋭利な刃物で刺されてる。死亡推定時刻は午前一時から三時の間だな」

「また丑三つ時か」

伊丹が右京のそばへとやってきて、証拠品袋に入れた名刺を掲げた。

「それより警部殿、どういった経緯《いきさつ》で被害者が警部殿の名刺を持っていたのか、お聞かせいただけませんかね？」

右京が答える前に、麗音が割って入った。

「見てください！　うしみつのキョウコが殺害する決定的瞬間の動画が！」

みんなが集まったところで、麗音がスマホを操作し、ＳＮＳに投稿された動画を再生した。

ストレートの黒髪を長く垂らした白いコートの人物——うしみつのキョウコ——が立体駐車場にふらふらと入っていく。アングルが変わり、隣のビルの屋上に掲げられたカラオケパブの看板がライトで煌々《こうこう》と照らされているのが見てとれた。逆光のなか、キョウコがコンクリート敷きの床面に倒れた人物に向かってナイフを振り上げる場面が映し出された。次の瞬間、キョウコはナイフを振り下ろした。

伊丹がアカウント名に着目した。

「『sashimi』なんて、ふざけた名前つけやがって。おい、こいつに話聞くぞ」

伊丹が芹沢と麗音を伴って去っていくと、薫が言った。

「どういうことだ？　死亡推定時刻の頃、加奈さん、こんなところには来てませんよね。うしみつのキョウコは別にいるってことですか？」

「そういうことになりますかねえ」

右京は答え、立体駐車場から周囲の景色を見渡した。正面に動画にも映っていたカラオケパブの看板があったので、同じ場所であることは間違いなかった。

取調室で机の前に座るなり、sashimiこと松田は開口一番言った。

「僕の動画、やばくなかったっすか？」

「やばいだと？」伊丹が強面《こわもて》を突きつける。「あのな、人が目の前で殺されてたんだろ？　なんで助けたり、せめて声出したりしなかったんだ!?」

声を荒らげる伊丹に、松田はいけしゃあしゃあと応じた。

「いや、そんなことしたら、せっかく見つけたキョウコに逃げられちゃうじゃないですか」

「ああ？」

「そもそも僕が助けなきゃいけない義務とかあるんですか？　それで、僕が殺されたりでもしたら、誰が責任取ってくれるんですか？」

「そんな話じゃないだろ！」

芹沢が目を三角にして諭そうとすると、松田は横柄な態度で舌打ちした。

「てか、こういう威圧的な態度で取り調べしていいんですか？　ネットに書きますよ？」

「なんだと⁉」

「先輩、怒っちゃ駄目ですよ」

いきり立つ伊丹を芹沢が止めると、それを見た松田が茶化す。

「駄目ですよ、先輩」

カッとなった伊丹が拳を振り上げようとするのを、麗音が制止した。

「伊丹さん！」

「だいたい、これ任意ですよね？　帰らせてもらっていいですか？」

席を立つ松田に、麗音が丁寧に要請する。

「松田さん、もう少し捜査にご協力願えますか」

「はい、あの、またなんか思い出したら、ＳＮＳにアップしまーす」

「いや、そうじゃなくて……」

「ありがとうございました」

捜査一課の三人をさんざん虚仮《こけ》にして、松田は取調室から出ていった。

取り調べのようすを隣室からマジックミラー越しに眺めていた薫は、特命係の小部屋に戻ってもまだ怒りが収まらないようすだった。

「本当、クソ生意気なガキだわ。あれはね、伊丹もイラつきますよ」

右京は自分のデスクでなにやら文書を読んでいた。

「たしかにひと筋縄ではいかないでしょうねえ」

「なに読んでるんですか？」

「殺害された大村さんの論文です」

「論文？」

「ええ。最初に会ったときから気になっていたのですがね、思ったとおりでした」

右京から論文を渡された薫が、そのタイトルを読み上げた。

「『未確認情報の流布——噂の伝播速度の流動性』？」

ピンと来ていない薫に、右京が説明する。

「大村さんは都市伝説の研究などではなく、情報伝達の研究をしていたようです」

「情報伝達？」

「亀山くん、ひとつ確かめてみましょう」

右京が右手の人差し指を立てた。

その頃、青山加奈は自室で、sashimiがアップした動画をスマホで何度も見ていた。動画には数多くのコメントが寄せられていた。加奈はコメントにも目を走らせた。賞賛したり驚いたりするコメントが多い中、最新のふたつだけは否定的な内容で、よく目立った。

——sashimiのネタ、捏造すぎて、草

——おまえ、正体めくれてるで

その日の深夜、白いコートを着た長い黒髪の、うしみつのキョウコらしき人物が夜道をふらふらと歩いていた。

と、足を止め、振り返る。

「ちゃんと撮ってる？」

訊かれた気の弱そうな若い男が「はい……」と答えると、キョウコがつかつかと近づいた。

「なに？　見せろ」

「あの……もうこんなこと、やめましょう！」

「なに言ってんだよ。ここからだろ！　早く見せろ」

キョウコが若者からビデオカメラを奪い取ろうとしたとき、突然強いライトに照らされた。ライトの向こうから右京と薫が進み出る。

右京が懐中電灯のスイッチを切った。

「これが正体だったのですね。うしみつのキョウコさん。いや……松田綾人さん」

薫がキョウコの髪に手を伸ばして引っ張ると、長髪のかつらが取れ、松田の顔が現れた。

「あなたなら挑発にのってくると思っていました」

「笑っちゃうぐらい、簡単に引っかかってくれたねえ」

右京と薫から種明かしをされ、ようやく松田もからくりに気づいた。

「え、あのコメント、あんたらなの？　マジか……」

「大村さんを殺したのはお前だな？」

薫が一気に攻め込んだ。

「はあ？　俺がやるわけないっしょ。一回しか会ったことないのに」

薄ら笑いを浮かべてとぼける松田の嘘を、右京が鋭く見破る。

「おや、僕と会ったとき、すでにお知り合いだったはずですよ。大村さんはあなたがまだ男性か女性かわからないのに、男性だと断定していました」

右京は大村と初めて公園で会ったとき、大村が「彼にDMを送った」と発言したことが引っかかっていた。そして、喫茶店で右京の質問に対して松田が口ごもっていたときのことも。

「さらにあなたが答えに窮《きゅう》すると、横から助け船を出した。あなた方は旧知の間柄だとしか考えられませんよ。おそらく大村さんは、情報伝達というご自分の研究のために、あなたの自作自演に協力していたのではありませんか？」

「いや、あれは……」

とっさに言い逃れようとする松田を、薫が遮《さえぎ》った。

「とぼけても無駄だ。お前らのメールの履歴でも調べりゃ、すぐにはっきりするんだよ！」

「ったく……なんなんだよ、あんたら！」松田は歯噛みすると、開き直ってナイフを手にして特命係のふたりに向き合った。「いくとこまでいってやるよ！」

松田が必死の形相でナイフを突き出すと、右京が懐中電灯で叩き落とした。すかさず薫が取り押さえる。

「この馬鹿野郎が！　来るとこ来てもらおうじゃねえか、コラ！」

松田は警視庁に連行され、右京と薫から取り調べを受けた。松田の前に座った右京が、立体駐車場での動画を再生した。

「この動画も都市伝説のためだったんですね？　この動画、撮影時刻は午前二時十五分となっていますが、奥に映っている看板のライト……わかりますか？　これ」

「ライト？」

右京がカラオケパブの看板を照らすライトを示す。

「このライトが消えるのは午前二時なんですよ。つまりこの動画が撮られたのは、二時よりも前ということになりますねえ。あなた、うしみつのキョウコの仕業に見せかけるために、時刻を操作しましたね？」

「なんでわざわざそんな手がかかることをしたんだ？」

「だって、そのほうがバズるっしょ」

松田が口にした答えは、質問した薫の理解を超えていた。

「バズる？」

「あの動画に『イイネ』がめちゃくちゃついたんだよ！　過去一！　やばくない？」

「なにが『イイネ』だ、この野郎。ひとつもよくねえんだよ！」

大声で怒鳴る薫とは対照的に、右京は冷静に質問した。

「なぜ大村さんを殺したのですか？」

「だって、あのおっさんがやめるとか言い出したから。そもそも俺が見つけたんだよ、うしみつのキョウコ」

「見つけた？　捏造したんだろうが！」

そう断じる薫に、松田がまじめな顔で訴える。

「マジで見たんだって！　半年前、夜中の二時頃、黒くて長い髪で白いコート着た女が歩いてるの」

右京が興味を示し、上体を乗り出した。

「それは本当の話なんですね？」

「ガチでマジです！　それを俺がうしみつのキョウコって名前つけたら、バズりはじめてさ。それなのに……」

立体駐車場でうしみつのキョウコに変装しようとしていた松田に、大村は「もう十分だ。これで終わろう」と持ちかけた。松田は納得できずに反論した。

「はあ？　せっかくバズりはじめてさ、ここから動画でジャンジャン稼げるんだよ。今やめるとか馬鹿っしょ」

しかし、大村は高飛車に出て、「どうしてもやめないなら、私が捏造をバラすことになるよ。そんなこと、されたくないだろ？　だったら、今すぐアカウント消せ」と命じた。松田は逆上し、変装用の小道具として持参していたナイフで大村を刺し殺したのだった。

「……やっちゃってから、動画回しとけばよかったと思って。だから、キョウコになってもう一度撮り直した。なんでバレたんかなあ？　いい上がりだと思ったんだけどな」

反省の色もない松田に腹の虫が収まらない薫が、机をバンと叩く。

「いい加減にしろ、この野郎‼」

「亀山くん」右京は相棒を制止して、松田に向き合った。「自分のくだらない承認欲求やちっぽけな自己顕示欲のために、どれほど卑劣なまねをしたか、わかっていますか？これからあなたは、相応の罰を受けることになります。どれだけ大きな罪を犯したのか、すぐにわかりますよ」

声を荒らげるでもなく淡々と語る右京の言葉は、松田の心をひと刺しした。

四

「青山加奈さん……半年前の五月二十七日……」

右京は特命係の小部屋で、sashimi が最初に投稿した動画をパソコンで再生しながら、思案していた。

「母親が亡くなって二カ月後……」

そこへ薫が書類を持って入ってきた。

「ああ、右京さん、鑑定結果出ました」

薫が持ってきた書類を読んだ右京の顔がパッと晴れた。

「亀山くん、ようやく点と点が繋《つな》がりました」


翌日、右京と薫は青山家に加奈を訪ねた。足立も同行していた。

薫が加奈の部屋のドア越しに呼びかけた。

「加奈さん、何度もごめんね」

しかし、加奈からの反応はなかった。

居間へ戻ると、足立が恐縮して、頭を下げた。

「すみません……やっぱり無理みたいですね」

そんな足立に、右京が話しかけた。

「いえ、今日はちょっと確認したいことがありまして。ああ、これ」右京は先日足立が運び込んだ段ボール箱に歩み寄った。「この箱、我々と会ったとき、足立先生が加奈さんに届けに来たものですよね」

「ええ。それが?」

「いえね、ちょっと気になってましてね。週に三度ほど届けに来るとおっしゃっていましたが、それにしては量が多すぎるのではないかと」

　薫が右京の言葉を継いだ。

「まるで、しばらく届けに来られなくなるかのようですよね」

　右京が段ボール箱の中から封書を取り出した。

「特にこれ。この手紙、加奈さんのお母さまから預かったとおっしゃっていましたが」

「ええ、そうですけど……」

「それはいつのことでしょう？」

「えっ？」

「加奈さんのお母さまが亡くなったのは半年以上前。足立先生が生前にこの手紙を預かったのだとしたら、なぜ今頃になって加奈さんに届けに来たのでしょう？　そのことが気になっていましてね」

　足立が絶句すると、右京がズバリ訊いた。

「足立先生、この手紙、最近手にされたのではありませんか？」

　薫が続く。

「それも預かったのは加奈さんのお母さんからではない」

「ちょっ……なにを言い出すんですか？　そんな預かったときのことなんて訊かれても
……」

足立は言い返したが、明らかに動揺していた。

「確認させてもらいますよ」

制止する間も与えず、右京が封筒から便箋《びんせん》を取り出した。そして、それを開く。便箋は破られ、テープで貼り合わせてあり、端が一部欠けていた。右京がスーツの内ポケットから、証拠品袋に入った紙切れを取り出した。

「この紙切れ、殺された河上さんの殺害現場に落ちていたものですが、鑑定の結果、便箋の一部だということが判明しています」

右京が紙片を便箋の破れた部分に当てた。ふたつの切り口はぴったりと一致した。

「ああ、やはりここです。さて、なぜこの手紙が破られ、そして貼り合わせられてこの箱の中にあるのでしょう?」

「さあ……」

とぼける足立に、右京が右手の人差し指を立てた。

「答えはひとつです。事件のあった日、あのフリースクールで、あなたが初めてこの手紙を見たからですよ。そして足立先生、あなたが河上さんを殺した。自分はいつ警察に逮捕されるかわからない。だから、あれほどの食料や日用品を加奈さんに届けたんじゃありませんか?」

「いやあの……いや私は……」

言い逃れようとする足立に、薫が言った。

「先生！　いつまで生徒にかばってもらうつもりですか」

「かばう……？」

「あの夜、現場の近くで加奈さんは動画に撮られてます」

薫の言葉を受けて、右京が説明した。

「おそらく加奈さんも、うしみつのキョウコの都市伝説を知っていたのでしょうねえ。我々が訪ねたあの日の深夜、我々は家を出た加奈さんを尾行しました。加奈さんは誰かに見られるために、わざと当てもなく歩いているように見えました。その姿は……まさにうしみつのキョウコ。きっと彼女は犯人であるあなたをかばうために、キョウコのふりをして警察の捜査を攪乱《かくらん》しようとしたのだと思いますよ」

足立もようやく事情を理解したようだった。

「そうなのか……なんてことだ……」

加奈は部屋の中でドアを背にして耳を澄ませてこの会話を聞いていた。右京が足立の罪を暴いたとき、加奈は脱力したようにその場にへたり込んでしまった。

居間では足立が自白をはじめていた。

「あのフリースクールを紹介したのは私なんです」

「聞き込みで得た情報によると、河上昌也もあなたの教え子だったとか」

薫が水を向けると、足立は続けた。

「何度もあいつと連絡を取ろうとしたんです。加奈のためにせめて金だけでも取り返してやろうと思って。だからあの日、強引に押しかけることにしたんです……」

足立がフリースクールの事務室に押しかけたとき、河上は金庫から金を出しているところだった。

「あら？　駄目ですよ、先生。勝手に入ってきちゃ。警察呼びますよ」

覚悟を決めていた足立はひるまなかった。

「呼びたければ呼べ。お前が法外な請求を吹っかけて金を巻き上げ、揚げ句、青山加奈を放り出したことはわかってるんだ」

「で？」河上の返事はそっけなかった。

「『で』だと⁉　お前、加奈のお母さんがいったいどんな気持ちで死んでいったか……」

怒りをぶつける足立を、河上は鼻であしらった。

「知ってますよ。何通も何通も手紙よこしてましたから」嘲《あざけ》るように笑うと、河上は机の引き出しから封書を取り出し、便箋を引き抜いた。「ああこれだ。娘への思いやらなんやら毎回同じようなお涙頂戴の内容で……。読みます？」

河上は足立の目の前に便箋を掲げたかと思うと、いきなり破りはじめた。

「おい！　なにをするんだ！」

足立の言葉は河上の耳に届いていなかった。

「どの親もそうだ。なんでもかんでも人のせいにしゃがって。元々はお前らのせいだろってんだ。そういうのにいい加減嫌気が差したんでこのスクールもやめてやるんだ。だからもういいでしょ？」

金を持って立ち上がった河上に、足立はつかみかかった。

「なんて言い草だ！　お前のせいで加奈は引きこもりがもっとひどくなってるんだ！　その責任をお前は……」

と、河上が反撃した。

「元々引きこもりになったのはあなたのせいですよね、足立先生。他の親みたいに、その責任こっちにおっかぶさないでもらえます？　それに多少なりとも相手してやったんだ。感謝してもらいたいぐらいですわ」

河上は捨て台詞を吐いて足立を突き飛ばした。そのまま立ち去ろうとする河上を、足立が追った。

「河上！　おい……金だけでも返せ！」

「しつけえなあ」河上が残忍な笑みを浮かべ、ポケットからナイフを取り出した。「張り切ってんじゃねえぞ、じじい」

足立はためらうことなく突進し、河上を床に押し倒した。ふたりはそのまま揉《も》み合いになった。そのあとの細かいことは覚えていない。気がつくと足立はナイフを奪い取り、河上の胸を突き刺していた。正気に返った足立は破られて床に散った便箋を慌ててかき集め、急いでその場を立ち去った。その際に紙片をひとつ拾い忘れたのだった。

回想を終えた足立を、右京が諭す。

「足立先生、たとえどんな理由があろうと、人を殺《あや》めてしまったのならば、速やかに自首をすべきだったと思いますよ」

「悪いことをしたら謝ろう。あなたも学校でそう教えませんでした？」

薫にとどめを刺され、足立は肩を落として、加奈の部屋のドアの前に立った。

「加奈……先生が悪かった！　ごめん……。ごめんな……」

足立の嗚咽《おえつ》を、加奈はドア越しに聞いていた。

しばらくして捜査一課の三人が駆けつけ、足立を連行していった。

それを見送った右京は、ドア越しに加奈に語りかけた。

「加奈さん、うしみつのキョウコの都市伝説が生まれたのは半年ほど前の五月二十七日です。その日は、加奈さんのお母さまが納骨された日だったそうですねえ。あなたはお母さまのお墓参りに行ったのではありませんか？　誰にも見られないように夜中にこっそりと。そして今回もまた足立先生のために外へ出た……」

あの日、足立はフリースクールに押しかける前、ドア越しにこう宣言していた。

「先生、今夜こそあいつと決着つけてくるから」

気になった加奈は、うしみつのキョウコの服装でひそかに足立をつけた。そして、フリースクールの物陰から一部始終を見ていたのだった。

「……きっかけはどうあれ、あなたはそうやって一歩を踏み出しました。その気持ちを大切にしてほしいと思います」

薫は薫らしい言葉で、加奈を励ます。

「加奈さん、気が向いたらさ、特命係の素敵なおじさまふたりに連絡して。警視庁見学ツアーのガイドやっちゃう。俺たち暇だから。待ってるよ」

「ええ、間違いなくあなたを待っている人はいると思いますよ」

右京がそう言いおいて、ふたりは居間を出ていった。立ち去るふたりを見送るように、加奈の部屋のドアが静かに開いた。

第九話

黒いコートの女

一

「よし、行くぞ！」

課長の角田六郎の掛け声で、警視庁組織犯罪対策部薬物銃器対策課の刑事たちが、廃倉庫に踏み込んだ。そこは窃盗グループのアジトで、数人の若い男が戦利品の宝石を前に寛《くつろ》いでいる最中だった。

角田が逮捕状を掲げて、大声で叫ぶ。

「全員動くな！　窃盗容疑で逮捕状が出てるぞ」

刑事たちが一斉に窃盗犯を取り押さえにかかる。奥にいた窃盗グループのひとり、住《すみ》吉《よし》博《ひろ》也《や》が、裏口から逃げようとした。その前に、特命係の亀山薫が現れ、立ちはだかった。

「残念だったな、逃げられねえぞ！」

住吉は近くにあった椅子《いす》を振り上げて襲い掛かってきたが、薫は椅子もろともはね返した。住吉がよろけたところで、薫の上司である杉下右京が身柄を確保した。

住吉を薬物銃器対策課の刑事に引き渡したところで、角田が言った。

「手が足りなかったから、助かったよ」

「お役に立ててなによりです」

右京が微笑《ほほえ》むと、薫が角田を持ち上げた。

「課長の株もぐんと上がるんじゃないですか？　被害総額三億円の宝石窃盗グループを一網打尽にしたんですから」

「それがさ、タレコミと違って、勢ぞろいしてなかったみたいだ。何人か取りこぼしがあってよ」

「おやおや」右京は意外そうだった。

「これから手分けして当たるんだが……。ついでにもうひと働きしてもらえるかな。どうせ、お前ら暇だろ？」

「亀山くん」右京が相棒に耳打ちする。「まあ、乗りかかった船ですからねえ」

薫はうなずき、角田に向き合った。

「暇、暇、大いに暇です！」

同じ頃、住宅街を黒いコートを着た長身の女が歩いていた。美しい女だったが、憂いのためか、険しい表情に見えた。

女はとある古アパートを訪れ、鉄階段を二階へと上がっていった。アパートの一室から出てきた初老の男が、見慣れぬ女の姿に驚いたような顔をしたが、女は気にせずに男をやり過ごし、目指す部屋の前に立った。そしてノックしようとした瞬間、中からドアが開き、ぼさぼさの髪の若い男が現れた。女が真剣な顔で訊《き》く。

「国枝祐介《くにえだゆうすけ》？」

「なんだよ？　あんた誰だよ？」

国枝が反問したが、女は答えず質問を続けた。

「ダイアはどこ？」

「はあ？」国枝は次の瞬間、女の正体に思い当たった。「あっ！」

「ダイアはどこなの⁉」

女が国枝の胸ぐらをつかんで問い質《ただ》した。

「知らねえよ！」

国枝は女を突き飛ばし、部屋から逃げ出した。女が慌ててあとを追う。ちょうどそのとき先ほどの初老の男が鉄階段を下りようとしていたが、ふたりはその脇をすり抜けるようにして駆けていった。

国枝は通りに出ると歩道橋を上がった。追う女は足が速かった。歩道橋を渡りきったところで、国枝に追いつきそうになった。つかまえようとして伸ばした手が国枝の背中に触れた。はずみでバランスを崩した国枝は、足を踏み外して階段から転がり落ち、頭から地面に落下した。

「どうしてこんな……」

頭から血を流して動かなくなった国枝を目にして、女はその場から逃げ去った。

しばらくして、薫が運転する車がその場を通りかかった。歩道橋の下に人だかりができているのに、薫が気づいた。

「なんですかね、あれ？」

助手席の右京も目を向けたが、まさかそこで訪問相手が死んでいるとは思いもよらなかった。


ふたりが国枝のアパートを訪れたとき、部屋の中では黒いコートの女が血眼でなにかを探していた。ゴミ箱に住所の書かれたメモが捨てられていたのを見つけ、とりあえずコートのポケットにしまう。

そのとき薫が部屋のドアをノックした。

「国枝さん。国枝さん？」

右京は室内のかすかな気配を敏感に察知していた。

「人の気配がしましたね」

薫がドアを開けると、黒いコートの女が玄関先に立っていた。

「びっくりした！　あの……こちら、国枝祐介さんの部屋では……？」

「ええ」

「ああ、えっと？」

戸惑う薫に、女が平然と答えた。

「叔母です。母親からようすを見てくるよう頼まれて」

「そうでしたか。それで国枝さんは？」

「外出してますけど。失礼ですが……」

右京がスーツの内ポケットから警察手帳を取り出して掲げた。

「甥御さんに窃盗の容疑がかかっていまして」

「窃盗？」

「今どちらに？」

「さあ、なにも言わずに出て行きましたから」

「ちょっと部屋の中、拝見してもいいですかね？」

薫が申し出ると、女は気安くうなずいた。

「どうぞ」

特命係のふたりは部屋に上がった。部屋は蒲団《ふとん》が敷きっぱなしで、食卓の上には食べかけのカップラーメンがそのまま放置され、たんすの引き出しも戸棚も開いていた。

「散らかってますね」

薫の言葉を受け、右京が女に訊いた。

「あなたがいらしたときから、この状態だったんですか？」

返事がないので右京が玄関を振り返ると、そこには誰もいなかった。

「亀山くん」

「はい」右京を追って薫も部屋を出た。「あれ⁉　どういうことだ？」

「油断しました」

「じゃあ叔母って話は？」

「でまかせでしょう。部屋を物色したような跡がありました」

右京が悔しげに告げたとき、隣室の初老の男がちょうど買い物袋を提《さ》げて帰ってきた。

右京が警察手帳を掲げる。

「ちょっとよろしいですか？」

表札によると、男は田淵《たぶち》という名前だった。

「えっ？」

「お隣にお住まいの方についてお話をうかがいたいのですが」

「ずいぶん手回しがいいね」

田淵の発言の意味が、右京にはピンとこなかった。

「はい？」

「さっき救急車で運ばれたんだろ。死んじまったのか？」

「えっと」薫が訊き返す。「どういうことですか？」

「だからさ、その先の歩道橋から転がり落ちて……」

「あっ！　じゃあ、さっきのあれ……」

薫が思い至ったとき、田淵が怪訝《けげん》な顔になった。

「なんだよ。その話じゃねえの？」

「いやいやいや、その話です。その話を聞かせてください」

「だからさ、女に追いかけられて、必死になって逃げて……」

説明する田淵を、右京が遮《さえぎ》った。

「その女というのは、黒いコートを着た？」

「そう！『ダイヤはどこ？』とかなんとか、ここであのガキの胸ぐらつかんで叫んでたんだ」

「ダイヤ？」薫はその単語に引っかかった。

「その女性、『ダイヤはどこ？』と言っていたんですね？」

右京の質問に、田淵はうなずいた。

「そうそう。切羽詰まってるって感じだったよ」

田淵に礼を言い、アパートの前に駐《と》めた車に戻りながら、薫が右京に訊いた。

「ダイヤモンドを盗まれた被害者ってことですかね？」

「だとしたら、我々から逃げたりはしないでしょうねえ」

「ですよね……。じゃあ、あの女も窃盗グループの仲間？　一斉摘発を知って、国枝が隠していたお宝を奪おうとしたとか」

「いずれにしろ、あのようすでは目的のものは見つけられなかったようですね」

「ええ。まあ、国枝が必死に逃げたところを見ると、相当価値のあるお宝ってことですかね？」

「亀山くん、君、事故のことを調べている所轄署のほうに回ってもらえますか。のちほど合流しましょう」

「了解」

薫が車に乗り込むと、右京はスマホを取り出して、鑑識課の益子桑栄に電話をかけた。

「杉下です。ひとつ調べてほしいことがありまして」

――ええっ？　どうせあんたのことだから、また手前勝手な仕事だろ。困るんだよな……ちゃんと公式ルートで来てくれないと。

「すみませんねえ、いつもご迷惑をおかけして。実はあるアパートの部屋を調べてもらいたいのですが。ひとまず非公式で」

その日の夕刻、薬物銃器対策課のフロアで、ホワイトボードを前に、角田が右京に説明していた。ホワイトボードには窃盗グループのメンバーの顔写真が貼られていた。

「歩道橋から転げ落ちて死んじまったとはな……。しかし、この組織は男しかいねえぞ。その女が仲間ってことはあり得ない」

角田の意見に理解を示しながら、右京が訊いた。

「国枝祐介はどういう男だったのですか？」

「群馬の高崎出身でな、地元じゃ札付きのワルで有名だったらしい。十五で少年院、二十歳でムショ。三年食らって半年ほど前に出所してきたばかりだ」

「なぜあの窃盗グループに？」

「ムショ仲間に誘われたようだ。お前らが捕まえた住吉って野郎だよ」

角田と右京は取調室で住吉博也を取り調べることにした。黒いコートを着た背の高い女について問われ、住吉はふてくされたように言った。

「そんな女知らねえよ。本当の叔母さんなんじゃねえの？」

「調べたのですが、そういう人はいませんでした」

右京が言うと、住吉は鼻を鳴らした。

「だから知らねえって」

「ではダイヤモンドのほうはどうでしょう？　盗品を隠し持っていた可能性は？」

「そんなことしたら、上にボコられちまうよ」

住吉の言葉を、角田が補足する。

「こいつら暴力団の下請けだから」

重ねて右京が質問する。

「では彼がひとりでどこかから盗んだということは？」

「まあ、国枝なら裏でやっててもおかしくねえけど」

「なんでそう思う？」角田が興味を示した。

「俺らは上の指示で動く兵隊だけど、あいつはそれじゃ満足できねえ奴だ。あっ」

住吉がなにか思い出したようだった。

「どうしました？」と右京が先を促す。

「先週のことだけど……」

国枝はいい金蔓《かねづる》になりそうなゆすりのネタをつかんだと住吉に漏らした。住吉は自分もその話にかませろと迫ったが、国枝は相手の情報はなにも明かさなかったという。

「……あいつ、えげつねえとこあったし。本物のワルっつうか」

「本物のワルですか……」

「おう、ご苦労さん」

右京と連れ立って特命係の小部屋に入った角田が、パソコン画面とにらめっこをしている薫に声をかけた。

「ああ、お疲れっす」薫は角田に応じ、右京にパソコンの画面を見せた。

「右京さん、国枝の携帯、調べてもらったんですけどね、最近地図サイトに、ある住所を登録してました」

「地図サイト？」角田が画面をのぞき込む。

「ええ。その住所にあるのがこの店です」薫が画面を切り替えると、〈風巧堂《ふうこうどう》〉というショップのホームページが現れた。「横浜にあるレザーグッズ中心の雑貨店。国枝はこの一週間で二度、ここに電話してます」

ホームページに並ぶかわいらしいレザーグッズを見て、角田が意見を述べた。

「国枝が好き好んで行く店とは思えねえな。ってことは……」

右京が角田の言葉を継ぐ。

「ええ。恐喝の対象かもしれません」

「恐喝って？」薫が右京に訊いた。

「国枝祐介は誰かをゆすろうとしていたらしいんです」

「仲間がそう言ってたんだ」

角田が付け加えると、薫はうなずいた。

「じゃあ、あの黒いコートの女も絡んでくるんですかね？」

二

雑貨店〈風巧堂〉の店主、安西正則《あんざいまさのり》は還暦を迎えたばかりだった。正則はレザーグッズを制作する作業台の前で、国枝祐介が転落死したというネットニュースをスマホで読んでいた。そこへ店の奥から四歳年下の妻、一紗《かずさ》が出てきて、「どうかした？」と声をかけた。

正則は慌ててスマホを隠し、「いや、なんでもないよ」と作り笑いを返した。

「そう。じゃあ先に帰るわね」一紗はそう言うと、店の隅のテーブルで絵を描いていた六歳の娘に声をかけた。「美月《みづき》、おうち帰るよ」

「は〜い」美月がクレヨンを箱にしまう。

と、正則が明るい声で提案した。

「なあ、久しぶりに外で飯食うか」

「えっ？　だってお店は？」

「今日はもう閉めよう。美月」

「なに？」

　正則が娘を抱き上げる。

「今日はお外に行ってご飯食べるぞ」

「えっ、本当？　やったー！」

「なにが食べたい？」

「う〜ん、サーモン！」

「また？　そればっかりだな、お前は」

　正則と美月が声をあげて笑うなか、一紗は夫の真意を測りかねていた。

　国枝のアパートから逃げ出した女は菅野茉奈美《かんのまなみ》という名前だった。その頃、茉奈美は都内のビジネスホテルの一室で、黒いコートを着たままベッドに身を横たえていた。国枝の部屋のゴミ箱から拾い上げたメモを広げ、そこに記してある横浜の住所をじっと眺めていた。

　同じ頃、右京と薫はいつものように家庭料理〈こてまり〉のカウンター席にいた。薫から話を聞いた妻の美和子が、好奇心に目を輝かせた。

「お宝を追う正体不明の謎の女？　面白そうじゃない？」

女将《おかみ》の小手鞠こと小出茉梨もカウンターの中から身を乗り出した。

「その女性って、おいくつぐらいの方なんですか？」

「年の頃なら三十代後半、ちょっとミステリアスな美人でしたよ」

薫の答えに、小手鞠は「あら、興味湧いてきちゃう」と笑った。

「黒いコートっていうのもいいですよね」

美和子の言葉に、小手鞠が乗った。

「ハードボイルドな感じでね」

「私、泥棒になるんだったら、絶対に宝石泥棒がいいです」

妻の発言を聞いた薫は「はあ？」と呆れたが、女将は調子を合わせた。

「いかにも宝物って感じしますもんね」

「ロマンがありますよね」

「ねえねえ、美和子さんさ、小さい頃憧れなかった？」

「うん？　もしかして峰不二子《みねふじこ》？」

「そう！」小手鞠が手を打った。

「憧れた！」

「男どもを手玉に取って、最後にはまんまとお宝をせしめちゃう」

「そう。スカッとするんですよね」

盛り上がる女性ふたりを、薫がたしなめる。

「あのね、憧れるのは勝手ですけども、要するに犯罪者ですよ」

「まあ、宝石を盗まれた者の身になると、ロマンなどとも言ってられませんがねえ」

右京にも指摘され、美和子が首をすくめる。

「失礼しました」

「警察官の前でする話じゃなかったねえ」

妻を笑う薫に、右京が言った。

「君も事件に関わることを、なんでもかんでも軽々しく口にするのはいかがなものでしょうねえ」

「失礼しました」薫も妻にならうはめになった。

翌日、菅野茉奈美はメモの住所を頼りに横浜を訪ねた。その住所にあったのは雑貨店〈風巧堂〉だった。その店の名は茉奈美の記憶をかすかに刺激した。

黒いコートを着た茉奈美が店の中に入ると、作業台の前にいた安西正則が「いらっしゃいませ」と迎えた。

茉奈美は店内を見回し、壁にかかっていたモノクロ写真に目を留めた。〈風巧堂〉の看板がかかった、古い民家が写っていた。正則が立ち上がり、茉奈美の視線をたどった。

「これ、前の店舗なんですよ」

「軽井沢の？」

「えっ！　もしかして、以前ご来店いただきました？」

「いえ、何度か前を通っただけで……」

「そうでしたか。六年前に移転したんですよ」

「六年前？」

　茉奈美の顔に小さな動揺が走ったが、正則は気づかなかった。

「ええ。軽井沢にはご旅行で？」

「いえ、高崎に住んでいたので、ときどき遊びに」

「それは奇遇ですね。当時はうちも高崎に自宅があったんですよ。店には毎日車で通ってました。じゃあ、ゆっくり見ていってください」

　作業台に戻ろうとする正則を、茉奈美が呼び止めた。

「あの……」

「はい？」正則が振り返る。

「私、国枝祐介の叔母なんですけど」茉奈美が身分を騙《かた》ると、正則の表情が一瞬硬くなった。それを見た茉奈美が詰め寄る。「甥は昨日事故で亡くなりました。遺品にこちらの住所が書かれた紙があって。甥も高崎に住んでました。なにかお世話になったのかもしれないと思って」

「いや、そのお名前に心当たりは……」

茉奈美が住所の記されたメモを突きつける。

「でもこの紙に……」

「お役に立てそうにありません。すみません」

正則は茉奈美の追及から逃れるように、店の奥へ入っていった。

〈風巧堂〉の店内に取り残される形になった茉奈美は、仕方なく店を出た。商店街を気もそぞろに歩いていると、走ってきた女の子とぶつかってしまった。

「あっ！」

女の子は安西美月だった。一紗が「美月！」と叫びながら走ってくる。

「どうもすみません」

頭を下げる一紗に「いえ」と会釈し、茉奈美は美月に向き合った。「怪我《けが》しなかった？」

「うん、大丈夫」

「急に走っちゃ駄目でしょ！　美月、ごめんなさいは？」

一紗に促され、美月が「ごめんなさい」と謝る。背の高い茉奈美はその場にしゃがんで、美月と目の高さを合わせた。

「ううん。おばさんもぼんやりしてたから。こちらこそごめんなさい」

「おあいこだね」美月が笑う。

「えっ？　うん」茉奈美の顔もほころんだ。

「じゃあ、行こうか。失礼します」

一紗の言葉で、美月が手を振った。茉奈美も手を振り返した。

「バイバイ」

〈風巧堂〉に戻ると、美月は隅のテーブルに画用紙を広げ、絵を描き始めた。正則はその後ろ姿を眺めながら、三日前の夜、国枝から横浜港に呼び出されたときのことを思い返していた。

と、一紗が声をかけてきた。

「行かなくていいの？」

「えっ？」正則はふと我に返った。

「買い付け行くんでしょ？」

「ああ……そっか」

正則が立ち上がって出かける準備をしはじめたとき、右京と薫が入ってきた。

「いらっしゃいませ」

迎え入れる一紗に、薫が断りを入れる。

「こんにちは。すみません、あの、お客じゃないんですけども……」

右京がスーツの内ポケットから警察手帳を取り出して掲げると、薫が本題を切り出した。

「実はですね、昨日、事故で亡くなった国枝祐介という男性について調べてるんですが。一週間前の昼過ぎと三日前の夕方、こちらに電話をした記録があるんですよ」

「さあ……私は受けてないんで」一紗は首をかしげ、夫を振り返った。「あなたわかる？」

「ああ、たしかそんな名前の人が……」

言葉を濁す正則に、右京が確認した。

「こちらのオーナーの安西正則さんですね」

「ええ」

「どういった内容の電話でしたか？」

薫が訊くと、正則はとっさに言いつくろった。

「ああ……商品についての問い合わせを」

「商品？」

「ええ。どんなものを置いているのかとか、そういった……」

「二度ともそういうお話だった？」

右京に疑いの目を向けられ、正則が動揺した。

「もう少し詳しくお聞きしてよろしいですかね？」

「ええ、まあ……」

薫が攻め込むと、正則は手に取ったジャケットを羽織った。

「申し訳ありません。もう出なくてはなりませんので」

「これはお忙しいところすみません」

慇懃《いんぎん》にお辞儀する右京から逃げるように、正則は「じゃあ、行ってくるよ」と一紗に言い残して出ていった。

「なんかすみません、バタバタしちゃって」

申し訳なさそうに謝る一紗に、右京は言った。

「いいえ、こちらが突然お邪魔したんですから」

「ちなみにダイヤモンドは扱ってらっしゃいますかね？」

薫の質問に、一紗は店内を見回しながら苦笑した。

「ご覧のとおり、うちは雑貨が主なので、貴金属はちょっと……」

「ああ、そうですか」

右京は壁にかかったモノクロ写真に着目した。

「この写真は？」

「以前の店舗です。元は軽井沢にあって、主人の父親の代から七十年も続いてたんですよ」

「おお、それほどの老舗《しにせ》がどうしてこちらに？」

「あの子ができたのがきっかけで」

一紗が隅のテーブルで絵を描くのに夢中の美月に視線を向けると、薫がその視線をたどった。

「ああ、お孫さんですか」

「いえ、娘です」

「あ、すみません！　大変失礼しました」

頭を下げる薫に、一紗が笑いながら応じた。

「いいんですよ、慣れてますから。まあ、遅くできた子供だったんで、よく間違われるんです。それで主人が心機一転、新しい場所に移りたいって言い出して、こっちに」

「なるほど。ちょっと失礼」右京が少女に近づいた。「お名前は？」

「安西美月」

「美月ちゃんですか」右京が美月の絵を眺めた。プールからジャンプしたイルカがつるされたボールに触れる場面が子供らしいタッチで描かれていた。「イルカさんですね」

「そう。〈八景島《はっけいじま》シーパラダイス〉」

一紗が説明する。

「去年行ったのが、よっぽど楽しかったみたいで。こういう仕事してると、なかなか休みが取れなくて。それでまた連れて行ってってアピールしてるのよね」

一紗に水を向けられてクレヨンを走らせる手に力が入る美月に、右京がささやいた。

「また行けるといいですね」

「うん」

元気よくうなずいた美月の首の後ろに大きなやけどの痕《あと》があるのを、右京は見逃さなかった。

〈風巧堂〉を出たところで、薫が右京に言った。

「あのご主人、嘘をついてますね」

「ええ」右京が同意する。

「国枝が脅迫していたのはやはり……」

「安西さんでしょうねえ」

「なにか人に言えない過去……それが国枝のゆすりのネタ？」

「ええ、おそらく」

「七十年続けた店をわざわざ移転したのも……」

「過去から逃れるためかもしれませんねえ」

「ダイヤモンドも繋《つな》がってるんですかね？」

ふたりによる事件の検討は、右京のスマホにかかってきた益子からの電話で中断された。

「杉下です」

――大当たりだよ。

警視庁に戻ったふたりは鑑識課を訪れた。益子が国枝の部屋の非公式な捜査の結果を伝える。

「六年前、高崎で十七歳の少年が胸を刺されて殺された。凶器のナイフが遺体のそばに転がってたらしい。そのナイフについていたのと一致する指紋が室内から複数見つかった」

「じゃあ国枝が……」

納得しかけた薫を、益子が遮った。

「国枝の指紋じゃない」

「はあ？」

益子が右京に目を向けて語る。

「あんたの指図どおり、開けっぱなしの引き出しの取っ手から採取した指紋だよ」

「ってことは、あの女が殺しを？」

ようやく理解した薫に、右京がうなずく。

「そのようですね」

「迷宮入りが噂されてたヤマらしいぞ」

益子が笑うと、薫は呆然とした顔になった。

「その犯人が目の前にいたのか……」

その日の夕方、特命係の小部屋にはマイマグカップを持参して、コーヒーサーバーから勝手にコーヒーを注《つ》ぐ角田の姿があった。

「えらいもん引き当てちまったな。しかし十七のガキを殺すなんていったい何者なんだ、その黒いコートの女？」

右京が現段階でわかっていることを知らせた。

「高崎の所轄署に問い合わせたのですが、女性の存在はまったく捜査線上に上がっていなかったようですね」

「六年間、どうしてたんでしょうね」

薫が疑問を呈すると、右京が推理を働かせた。

「元の生活を続けたとは考えにくい。おそらく逃亡して、どこかに身を隠していたのでしょうね」

「被害者は当時十七歳」角田が推理に加わる。「国枝と年が近い。しかも同じ高崎だ。国枝も絡んでるんじゃねえのか？」

「そのあたりも確かめる必要がありますね」

右京の言葉を、薫が受ける。

「国枝とダイヤモンドの繋がりも」

「ええ」

そこへ捜査一課の刑事三人が入ってきた。伊丹憲一が同期で宿命のライバルをからかう。

「特命係嘱託の亀山！　昔の事件、嗅ぎ回ってるらしいじゃねえか」

「嗅ぎ回ってなんていねえよ。たまたま出くわしちまったんだよ」

「ほう。たまたま殺しのホシに遭遇したのに、ぼーっとして見逃したってか。そりゃあ残念だったな！」

「なんだと？　コラ！」

いきり立つ相棒をなだめるように、右京が言った。

「さすが伊丹さん、地獄耳ですねえ」

伊丹の後輩の芹沢慶二は右京に皮肉をぶつけた。

「杉下警部にはかないませんよ」

「警部殿まで一緒だったと聞きまして。返す返すも残念です。もし我々がそこにいたら……」

伊丹の嫌みを、角田が遮る。

「まあ、同じだったと思うけどな」

「はあ？」

眉を吊り上げる伊丹に、右京が訊く。

「嫌みを言うためにわざわざ？」

「滅相もありません」芹沢が腰を折る。

「たまたま通りかかったもので。では」

せせら笑いながら芹沢とともに去っていく伊丹の背中に、薫が罵声《ばせい》を浴びせた。

「さっさと帰れ！　捜査一課のイヤミ！」

あとに残された出雲麗音が頭を下げて謝った。

「すみません。今うち珍しく暇なものですから。もし手伝えることあったら、遠慮なく言ってください」

「ではお言葉に甘えて、ひとつお願いしましょうかねえ」

右京が右手の人差し指を立てた。

三

翌日、右京と薫は高崎南警察署を訪問した。ふたりを会議室に招き入れて応対したのは、吉澤《よしざわ》という古株の刑事だった。

特命係のふたりの要請に応じて捜査資料を取り出し、吉澤が感心しながら言った。

「いやあ、まさか女の仕業だったなんて、想像もしませんでしたよ。被害者だった古川《ふるかわ》健作《けんさく》は不良仲間とつるんでましてね。不良同士の喧嘩《けんか》が原因で殺されたと見ていたんですが……。犯人に繋がる目撃情報も証言も皆無で」

右京が捜査資料に目を通す。

「殺害現場は町外れの人気《ひとけ》のない神社。被害者は目出し帽を被《かぶ》っていたんですね」

現場写真によると、殺された古川はニットの目出し帽を額までたくし上げた状態で死んでいた。

「ええ。なにかをやらかそうとして殺されたのでしょう」

薫が吉澤に質問した。

「国枝祐介って男のこと、ご存じですか？」

「ああもう、有名なワルでした」

「被害者と国枝の接点は？」

「大ありですよ。一学年下の古川は国枝の手下。簡単に言えばパシリでしたな」

「パシリ？」

「ですから国枝も必ず事件になんらかの関わりがあると思ってたんですが……」

「じゃあ、事情聴取も？」

「もちろん。しかし、これが知らぬ存ぜぬの一点張りでして。それに……」

吉澤の言葉の続きを、右京が先読みした。

「アリバイがあった？」

「ええ、まあ。少年院を出たばっかりの国枝には保護司がついていましてね。その保護司が事件のあった夜は国枝を自宅に招いていたと、こう証言したんですよ。地元の名士ですからね。まあ、確かなアリバイで」

右京にはその保護司が誰か想像がついた。

「安西正則さん。軽井沢にあった雑貨店のオーナーですね」

「あら、ご存じだったんですか」

吉澤が目を瞠《みは》った。

その頃、〈風巧堂〉では一紗が心配そうな顔で正則に問いかけていた。

「昨日、刑事さんに訊かれてたわよね。電話をかけてきた男のこと。商品の問い合わせって話、本当なの？」

妻を安心させるように、正則は微笑んだ。

「本当だよ」

「最近、あなた少しおかしい。なにかあったんじゃないの？」

「なにもないって」正則が一紗の肩に手を置いて笑った。「心配するな。今日はお得意さん回ってくるから帰りは午後になる。じゃあな」

「わかった。行ってらっしゃい」

高崎南署を出た右京と薫は、古川健作が殺された現場の神社を訪れていた。あたりを見回しながら、薫が言った。

「安西さんは国枝に頼まれて、嘘のアリバイ証言をした。ゆするネタとしたら十分ですよね。保護司という立場で、どうしてそんな馬鹿なまねを……」

右京が自説を語る。

「おそらく六年前も、なんらかの理由でゆすられていたのでしょうねえ」

「ああ、なるほど。でも古川を殺したのは、あの黒いコートの女ですよ。なんで国枝にアリバイが必要だったんですかね？」薫が自問自答する。「あっ！　ダイヤか。事件の夜、国枝たちがここであの女からダイヤを奪ったんだとしたら、自分の犯罪を隠す必要がある。古川が目出し帽を被ってた理由も説明がつきますよ」

右京が黙ったままなので、薫は気にした。

「あれ？　駄目ですか？　この推理」

「亀山くん、本当に宝石絡みなのでしょうかねえ……」

「えっ？」

ちょうどそのとき、右京のスマホが振動した。

右京に電話をかけたのは麗音だった。

「杉下警部、ご依頼の件ですが……」

隣にいた芹沢が、麗音のスマホを奪い取る。

「六年前に高崎周辺で姿を消した女を捜せなんてね、無茶な話ですよ」

――優秀な一課の方々なら、なんとかなると思ったのですが、やはり駄目でしたか。

「いやいや、それがですね……」

麗音がスマホを奪い返す。

「行方不明者届で該当する女性はいなかったんですけど……」

「代われ！」今度は伊丹がスマホを奪った。「正面から当たっても埒《らち》が明かないんで、地元の不動産屋がなにか情報を持っていないか、当たってみました。そしたら……」

――とっとと結論を言ってもらえますか？

「人にものを頼んでおいて、その口の利き方……やめた。芹沢」

芹沢がスマホを受け取り、報告する。

「亭主名義の持ち家なんですが、六年前の事件直後に家財道具を残して人が消えた物件があるらしいんです」

――ほう……人が消えた物件。


右京と薫は捜査一課からの電話で聞いた物件を訪ねた。

「ああ、ここですね」チラシが投入口からはみ出したポストには夫婦の名前が併記されていた。その女性のほうの名前を薫が読み上げる。「えっと、萱野茉奈美」

そこへ近所の主婦が通りかかり、不審そうに訊いた。

「あの……なにか？」

右京が警察手帳を掲げる。

「こちらにお住まいだった萱野茉奈美さんについてうかがいたいのですが」

「茉奈美さん、死んじゃったの？」

薫が笑って主婦の警戒を解く。

「いやいやいや……そういうわけじゃないんですよ。六年前から行方不明になってるみたいですね」

「ある日突然いなくなっちゃったの。警察に届けたほうがいいのかなって迷ってたんだけど、親族でもないしね」

「ご主人は？」右京が質問した。

「亡くなっちゃったのよ。茉奈美さんがいなくなる半年ほど前だったかしら……」

「茉奈美さんの写真なんかお持ちじゃないでしょうかね？」

薫が尋ねると、主婦は少し考えてから、スマホを取り出した。

「ああ、娘の成人式のときに一緒に撮った写真があったかも」

スマホで写真を探す主婦に、右京が訊いた。

「茉奈美さんにご親族の方はいらっしゃらなかったんですか？」

「さあ。ときどき立ち話するぐらいだったから。でも……そういや旦那さんのお葬式のときも見かけなかったわね」と、主婦が目当ての写真を見つけた。「あった！　これ」

晴れ着姿の若い女性と一緒に写る菅野茉奈美は、あの黒いコートの女に間違いなかった。

「先ほど、ご主人は亡くなったとおっしゃいましたね」

右京が水を向けると、主婦が声を潜めた。

「がんだったの。若かったから進行が速くてね。お葬式のときは、気の毒で見てられなかった。赤ちゃんが生まれたばかりだっていうのに……」

「赤ちゃん？」薫が問い返す。

「ええ、女の子。茉奈美さん、旦那さんに亡くなられてから本当に参ってて、その子にやけどを負わせちゃったこともあったのよ」

右京にはやけどで思い出す少女がいた。

「その赤ちゃんの名前、わかりますか？」

「名前」主婦が考え込む。「そうそう、キラキラネームっていうの？　ダイヤ……ダイアちゃん！」

「右京さん……」

「繋がりました」

その頃、茉奈美は〈風巧堂〉を訪問していた。

「いらっしゃいませ。ああ……昨日の！」

目を丸くする一紗に、茉奈美は頭を下げた。

「ああどうも。あの、ご主人は、今日は？」

「えっ？」

「昨日もこちらにうかがったんですが」

「ああ、そうだったんですね。ごめんなさい、今、外回りに出ていて」

「そうですか……」

茉奈美が落胆したとき、店の電話が鳴り、一紗は「失礼します」と断って電話に駆け寄った。茉奈美は隅のテーブルで絵を描いている美月に目を向け、近づいていった。

「おばさんのこと、覚えてる？」

美月が絵から顔を上げた。

「あっ……うん。おあいこのおばさん」

「お名前はたしか、美月ちゃん？」

「うん」

「今いくつ？」

「えっと……六歳」

「六歳か。なに描いてるのかな？」

「シー太」

シー太とはアザラシのような動物だった。背後から絵をのぞき込んだ茉奈美は、美月の首の後ろにやけどの痕があるのに気づいて驚愕《きょうがく》し、前に回ってまじまじと美月の顔を見た。

「なに？　どうしたの？」

美月が照れたように訊いたが、茉奈美は不意に込み上げてきた涙のせいで答えられなかった。

そこへ電話を終えた一紗がやってきた。

「どうかなさいました？」

茉奈美は顔を背けると、足早に店から出ていった。

横浜の街を歩きながら、茉奈美はつらすぎる過去を思い出していた。

国枝と古川は茉奈美の娘、ダイアを誘拐し、身代金を要求した。茉奈美はなんとか金を工面し、指示された神社へ行った。そこでは目出し帽を被った犯人がひとり、ナイフを構えて待っていた。極度に緊張しているのか、犯人の手はぶるぶる震えていた。茉奈美は袋に入れた金を差し出しながら、娘を返すよう要求したが、犯人は金を受け取りにきただけで娘のことは知らないと突っぱねた。頭に血がのぼった茉奈美は、犯人を突き飛ばした。転倒した犯人と揉《も》み合ううちに、ナイフがその胸に刺さってしまったのだった。茉奈美がぐったりした犯人の目出し帽をめくると、まだ少年の面影の残る古川の顔が現れた。

茉奈美が呆然としているところへ国枝が現れ、金の入った袋を奪って逃げた。茉奈美が娘を返せと叫ぶと、国枝は振り向きざまに死んだと答え、そのまま走り去っていったのだった。

娘を失った悲しみを抱えてきた茉奈美の心に喜びが湧き上がってきた。

(生きてた。ダイアはやっぱり生きてた……)

右京と薫も事件の構図に気づいていた。

「美月ちゃんが菅野茉奈美の産んだ子供……」

薫の言葉を、右京が受ける。

「おそらく六年前、国枝たちに誘拐されたのでしょう。十代の少年のやることです。想定外の出来事が殺人に繋がったのかもしれませんね」

「六年間も逃亡しながら、子供を捜し続けてたなんて……。なんで誘拐されたとき、警察に届けなかったんだ」

「旦那さんも亡くして、冷静な判断ができる心理状態になかったんでしょうか」

「せめて、古川を殺したあとに自首でもしていれば……」

悔しさを噛み殺す薫に、右京は小さくうなずいた。

「正当防衛が認められた可能性もあった」

「ダイアはどこ、か……」

薫がため息をつくと、右京が言った。

「問題はどうしてその赤ちゃんを安西夫婦が育てることになったのか、ですね」

四

その日の午後、美月は近所の子供たちと一緒に公園で遊んでいた。美月が友達と離れてひとりだけ水筒のジュースを飲みに来たタイミングを見計らって、茉奈美は近づいた。

「美月ちゃん」

「あ、おあいこのおばさん」

「一緒に遊びに行かない？　ママに連れて行ってあげてってお願いされたの」

美月は疑うことなくうなずいた。

「うん」

「行こっか」

「うん、行こう！」

「どこ行く？」

「どうしようかな……水族館！」

手をつなぐと、美月が言った。

「おばさんの手、やわらかいね」

「そう？」

「うん。あったかくて気持ちいい」

実の娘と触れ合うことができ、茉奈美は湧き上がる幸せを噛みしめていた。ふたりの楽しそうな後ろ姿を、美月の友達の雪乃《ゆきの》という少女が不思議そうに見ていることに、茉奈美は気づいていなかった。

高崎から車で戻った右京と薫が〈風巧堂〉を訪問したのは、そのしばらく後のことだった。店には正則ひとりしかいなかった。

「刑事さん……まだなにか？」

薫が店内を素早く見回した。

「今日はおひとりなんですか？」

「家内は娘を迎えに公園に行っています」

「高崎に行ってきました」右京が本題を切り出した。「あなたは国枝祐介の保護司だったそうですねえ」

瞬時に正則の顔が強張《こわば》るのを見て、右京は続けた。

「六年前に国枝の仲間だった古川健作という少年が殺されました。事件のあった夜、あなたは国枝を自宅に招いていたと証言しましたが、しかしそれは嘘だった。あなたは国枝に脅されて、アリバイ作りに加担しました。違いますか？」

口を閉ざす正則に、薫が声をかける。

「もう認めたほうがいいですよ。国枝にゆすられてたんでしょ？」

「菅野茉奈美という女性、ご存じでしょうか？」

右京が質問を変えると、国枝は戸惑った表情になった。

「いいえ」

「国枝は彼女の赤ちゃんを誘拐したようです」

「誘拐⁉」

「ご存じなかったんですね。その赤ちゃんが、安西さん、あなたの娘、美月ちゃんです」

「み……」

絶句する正則に、右京が迫った。

「六年前になにがあったのでしょう？」

六年前のある夜、正則がひとりで高崎の家にいたところへ、ふいに国枝が訪ねてきたのだった。国枝は赤ん坊を抱いていた。

「その赤ちゃん、どうしたんだ？」

正則が険しい口調で訊くと、国枝は答えず、赤ん坊を差し出した。

「しばらく預かってくれ」

「なにがあったんだ？　話してみろ」

国枝は応じず嘲笑した。

「偉そうな口利きやがって。あんた先週、店で会った女とホテル行っただろ。あれ、知ってる女なんだよ。俺にはいつも説教するくせに。やべえよな、奥さんに知られたら」

「国枝くん……」

「しばらくの間だけだよ」

国枝は事情を説明することもなく、赤ん坊を正則に預けて立ち去った。

そして翌日、正則が赤ん坊をあやしているところへ国枝が取り乱しながらやってきて、

「古川が殺された」とわめきちらした。正則はわけがわからず、警察に連絡しようとした。

しかし、国枝は頑として反対した。

「駄目だ！　もし警察に俺のこと聞かれたら、俺はずっとここにいたってことにしてくれ」

「そんなこと、できるわけないだろうが！」

正則は拒否しようとしたが、国枝に「女のこと、バラされてもいいのかよ！」と脅され、保身のために言いなりになってしまった。

男たちが言い争う声に驚き、赤ん坊が泣きだした。正則はあやしながら、この子をどうするつもりか問うたが、国枝は「知らねえよ。あんたがなんとかしろよ！」と一方的に押しつけたのだった。

正則が回想を続けた。

「私はてっきり、国枝が誰かに産ませた子供だと……。近所の公園に捨てられていたと嘘をついて、警察に届けました。妻も私も強く望んでいましたが、私たちには子供ができなかった。だから……そのあとで正式な手続きを踏んで、あの子を養子にしたんです」

　正則はそう打ち明けると、ひと息ついて言った。「昨日です。国枝の叔母だと名乗る人がここへ来ました」

「えっ！」予想外の展開に薫が驚く。

「黒いコートを着た女性でした。あの人が……」

「菅野茉奈美さんです」

　右京が答える前に、正則も気づいたようだった。

「右京さん、彼女、美月ちゃんが自分の娘……」

　薫の言葉は、息せき切って駆け込んできた一紗によって遮られた。

「美月がいないの！　雪乃ちゃんが、女の人と手を繋いでどこか行くのを見たって」

「刑事さん、あの人が美月を……」

　正則が緊張した声で迫ると、一紗が取り乱した。

「あの人って誰？　あなた、なにか隠してたわよね？　そのこととなんか関係あるの？」

「奥さん、ちょっと落ち着きましょう。ねっ」

薫が一紗をなだめると、右京は冷静な口調で言った。

「ここから先は我々に任せて、おふたりはここに残って連絡を待っていてください」

「しかし……」

「大丈夫です。美月ちゃんは必ず連れ戻します。亀山くん」

右京が毅然《きぜん》とした態度で店を出ていく。

「奥さんにちゃんと打ち明けたほうがいいですよ」

薫は正則にそう言い残し、右京のあとを追った。

すぐに右京に追いついて、薫が訊いた。

「連れ戻すったってどこへ行けば？」

右京にはひとつ心当たりがあった。

「ひとまず、美月ちゃんの機嫌を取るはずです。美月ちゃんが行きたがっている場所といえば……」

そこまでヒントを出されれば、薫もピンときた。

「あっ！」

その頃、茉奈美と美月は〈八景島シーパラダイス〉にいた。メリーゴーラウンドに乗り、隣の木馬からこちらを振り返って、楽しそうに笑う美月に手を振りながら、茉奈美は娘にやけどを負わせてしまったときのことを思い出していた。夫が亡くなり、悄然《しょうぜん》としていたときだった。沸騰したやかんをうっかり落としてしまい、熱湯が娘の首にかかってしまった。

メリーゴーラウンドの次は、美月がイルカショーを見たいというので、それを見ることにした。イルカのジャンプに「うわ～！　すごーい！」と手を叩く美月の横顔を見ていると、今度は娘が誘拐されたときの記憶がよみがえった。

あのとき、公園のベンチで休憩していた茉奈美は娘を乗せたベビーカーをベンチの横に置き、ついうとうとしてしまった。眠りから覚めたときには、すでに娘は連れ去られていたのだ。

〈八景島シーパラダイス〉へと車を走らせながら、薫が助手席の右京に訊いた。

「今、どんな思いで娘と過ごしてるんですかね」

右京が茉奈美の心中を推し量る。

「この六年間、彼女は娘と再会することだけを夢見て生きてきたのでしょう」

「その夢がようやくかなった。幸せの絶頂ですかね」

「しかし、夢はやがて覚めるものです」

茉奈美と美月はその後、アクアライドやバイキングなどのアトラクションを楽しんでいた。そんなとき右京と薫が到着した。

「亀山くん、手分けして捜しましょう」

「はい」

特命係のふたりが二手に分かれて捜しはじめたとき、美月はぐずりだしていた。茉奈美はしゃがんで美月と向かい合った。

「もう帰りたい」

「どうしたの？　ずっと遊んでたいって言ってたじゃない」

「ママに会いたい……」

「今日はおばさんとお泊まりするの」

「ママに会いたい！」

「お願いだから、そんなこと言わないで」

「ママに会いたい！」

「あなたのママは私なの！」茉奈美がしゃがんだ姿勢のまま、美月を抱きしめた。「私なのよ、あなたのママは……」

「違うよ！　おばさん、美月のママじゃないもん」

「あなたは美月なんかじゃないの。ダイアって名前なの」

茉奈美の話は唐突すぎて、六歳の少女に理解できるはずもなかった。

「違うよ！　美月だもん」

「お願いだから話を聞いて。あなたを産んだのは私。六年間、ずっとあなたを捜してたの。やっと会えたのよ」

「おばさんなんか大嫌い！」

美月が茉奈美から逃れようと暴れた。茉奈美の手が衝動的に美月の首に回った。そのとき、右京が駆けつけた。

「菅野茉奈美さん！　その子はあなたの大切な宝物です。壊してはいけません」

右京のひと言で茉奈美が我に返り、美月から手を離す。

「ごめんなさい、美月ちゃん……おばさん嘘ついちゃった。本当にごめんなさい」

緊急配備された制服警官を引き連れて薫が合流したのを見て、右京が言った。

「美月ちゃん、パパとママに頼まれてお迎えに来ました」

薫が前に出る。

「お巡りさんがおうちまで送ってくれるから。ねっ」

女性の制服警官に連れられて立ち去りながら、美月が茉奈美を振り返った。

「大嫌いって言ってごめんなさい」

茉奈美が悲しげな笑みを浮かべた。

「ううん。おあいこだね」

美月の後ろ姿を見送る茉奈美に、右京が言った。

「未成年者誘拐の現行犯であなたを逮捕します。古川健作殺害容疑についてもお話を聞かせてもらうことになります」

茉奈美を制服警官に引き渡し、薫が嘆く。

「なんでこんなふうになっちゃうんですかね」

「残念です。しかし、たとえどんな事情であれ、罪は罪です」

「罪を償ったあと、あの子にきっとまた会えますよね」

「大きな愛、と書いて大愛《だいあ》。我が子に対するその思いはいつか必ず伝わるはずです。そう願いましょう」

右京の言葉に、薫は強くうなずいた。

「はい!」

第十話
大金塊

一

全国の美術館を狙って犯行を繰り返していた窃盗団が捕まった。窃盗団の構成員は大学生だった。

いつものように警視庁特命係の小部屋へ茶飲み話に来ていた組織犯罪対策部薬物銃器対策課長の角田六郎が、部屋の主《あるじ》の杉下右京と亀山薫にその顚末《てんまつ》を語っていた。

「へえ、大学生？」

相槌《あいづち》を打つ薫に、角田がうなずく。

「ああ、五人組だとさ」

「広域重要指定事件になってたんでしょ？」

「全国各地のミュージアムを荒らしてたからな。通常、広域に指定されるような凶悪事件とは趣が違うが、まあ、日本中で好き放題されてて、警察庁もこりゃあ放っておけん、威信にかけても……となったんだろう」

右京も事件の概要は頭に入っていた。

「しかし、盗み出された収蔵品も国宝級や重要文化財クラスといったものではなく、歴史的価値もそれほど高くない品々ばかりだったようですねえ」

「国宝級となると警備が厳重で盗み出せないからだとさ」

角田が事情を説明すると、薫が笑った。

「なんじゃそりゃ。弱気だな」

「窃盗団ったって、いわばアマチュアだ。遊び半分」

「ふーん。そんなのに翻弄されてたとは、我ら警察もだらしない」

「アジトで計画練って実行に移すと、すぐに別のとこへ移る。すばしっこい。そんななか、稲城《いなぎ》西《にし》署はよく突き止めて検挙したもんだ。二度目の東京。今回は港区の〈中央美術館〉がターゲットだったらしいぞ」

「なにはともあれ、稲城西署のお手柄ってことで」

「ところがだ。窃盗団を検挙したのは稲城西署だが、それを突き止めたのは民間の探偵団なんだとさ」

情報通の角田のひと言に、薫が目を丸くした。

「探偵団？」

「びっくりだろ？」

右京も角田の話を興味深く聞いていた。

警視庁の副総監室では、首席監察官の大河内《おおこうち》春樹《はるき》が、その探偵団について説明していた。

「高階署《たかしな》の署長経由で、東京都公安委員会に開業の届け出が出されている、正式な探偵社のようです」

副総監の衣笠藤治《きぬがさとうじ》の手には、その探偵社〈熟年探偵団〉の資料があった。探偵として、大門寺尚彦《だいもんじなおひこ》、串田純哉《くしだじゅんや》、野崎長吉《のざきちょうきち》の顔写真とプロフィールが載っていた。年齢は三人とも六十二歳だった。刑事部長の内村完爾《うちむらかんじ》が嚙みついた。

「正式だろうが、越権行為に他ならん」

衣笠が資料をテーブルに置いてなだめる。

「そう目くじら立てなさんな。今回の件、警察も助かったことは事実なんだから」

「探偵社は高階署管内に拠点を置いて、日常的に捜査活動をおこなっていたようで……」

大河内の説明を受けて、衣笠が言った。

「高階署の手柄ってことか」

「高階署が所轄するのは田舎町。住民との距離も近いでしょうし……。そんななか、事件捜査に首を突っ込む有能な探偵社があれば、協力し合うのが得策とばかり、馴れ合い関係が生じたんでしょう」

「しかし、そんな関係となると、その探偵社は高階署から報酬を受け取っていたということか？」

脇に控えていた参事官の中園照生《なかぞのてるお》が顔を曇らせる。

「高階署が報酬を支払っていたということになると、少々厄介ですね」

「言語道断だ！」

内村が吠えると、大河内は意外なことを付け加えた。

「ところが、それがまったくの無報酬だったようで」

「無報酬？　じゃあなんで捜査に首を？」

戸惑う中園に、大河内が答える。

「趣味としか……」

「趣味だと？」中園は呆れた。

「ますます言語道断！」

再び吠えた内村を、衣笠が怒鳴りつけた。

「うるさいよ、いちいち君は！」

角田が立ち去った特命係の小部屋では、薫がパソコンでその探偵社のホームページを見ていた。

「〈熟年探偵団〉ですって。こんなふざけた名前の探偵社に依頼したくないですよね」

右京もホームページで〈熟年探偵団〉の業績を確認していた。

「しかし、優秀な探偵社のようじゃないですか」

「でも、民間人が捜査のまねごとして、問題にならないんですかね？」

「民間人が事件の犯人捜しをしたからといって、取り締まる法律はありませんからね。せいぜい厳重注意、お灸を据える程度が関の山だと思いますがねえ」

右京は立ち上がり、優雅な手つきで紅茶を淹《い》れた。


十二月のある日、東京地裁で〈熟年探偵団〉の三人に判決が下った。

判事が厳《おごそ》かな声で宣告する。

「主文、被告人を懲役六カ月に処す。この裁判確定の日から三年間、その刑の全部の執行を猶予する」

法廷から出てきたところで、タートルネックのセーターにレザージャケットという格好の野崎長吉が愉快そうに笑った。

「求刑懲役一年で判決が六カ月なら、上出来じゃねえ？」

串田純哉はハンチングを被《かぶ》り、黒縁眼鏡《めがね》をかけていた。

「しかし、建造物侵入で逮捕されたときは面食らったね。あれよあれよと送検されて起訴されてさ」

中折れ帽を被った大門寺尚彦は頭髪も口髭も真っ白だった。

「たしかに証拠集めに無断で出入りしてたからね。でもまさかそこをついてくるとは。警察もやるときはやるな」

傍聴に来ていた大門寺の孫娘、寧々《ねね》は探偵たちの緊張感のない会話に焦《じ》れた。

「のんきなこと言ってるけど、おじいちゃんたち、前科ついちゃったんだよ？」

「今さら前科ついても、僕ら、へっちゃらだ」

大門寺が笑い飛ばすと、野崎が寧々に言った。

「巻き添え食わなくてよかったねえ」

「あのねえ……」

寧々が呆れかえっているところへ、ひとりの女性が声をかけてきた。

「突然すみません。私、こういう者なんですけども」

女性は亀山薫の妻で、フリーライターの美和子だった。

与党の重鎮である袴田茂昭《はかまだしげあき》の家は都心の閑静な住宅街にあった。三代続く政治家一族とあって、敷地は広大で、家は豪邸と呼ぶにふさわしい風格があった。もちろんセキュリティも完璧だった。

夕刻、茂昭の乗った黒塗りの高級車が門前に停まると、家政婦の四谷《よつや》仁実《ひとみ》が正門の電子ロックを解錠した。秘書が開けた車のドアからやや疲れた顔で降りてきた茂昭を、仁実は深々と頭を下げて迎えた。

「おかえりなさいませ、旦那さま」

亀山薫の家は平凡なマンションの一室だった。帰宅して缶ビールを開けた薫に、美和子が昼間、東京地裁に出向いたことを報告した。

「取材？　なんでまた？」薫が訊《き》き返す。

「捜査権もないくせに、事件捜査にしゃしゃり出てくるけしからん人たちがいるって聞いて、ちょっと興味を引かれてさ」

美和子はあからさまに特命係をあてこすっていた。

「うん？」

「頼まれもしないくせにねえ」

「喧嘩《けんか》売ってんの？」

薫が顔を突きつけた。

その夜、袴田茂昭の息子の茂斗《しげと》は徒歩で帰宅し、自ら通用口のセキュリティを解除し、敷地内に入った。玄関の引き戸を開けた茂斗を、仁実はぺこりと頭を下げて迎えた。

「おかえりなさいませ」

「ただいま」

応接間では茂昭の妻、虹子《にじこ》が愛犬のチワワを抱いてあやしていた。

「なあに？　ラムちゃん。もうおねむですか？」

茂斗が通りすがりに、母に声をかける。

「ただいま、お母さま」

「おかえり」

応接間の壁には、ともに国会議員だった虹子の祖父の雀犀《じゃくさい》と父の犀朗《さいろう》の肖像画が並べて飾られていた。

袴田茂昭は書斎でオンライン会議に出席していた。茂昭はウェブカメラに向かって、「国土防災対策法案改訂要項」という文書を手に取って示した。

「いずれにせよ、これは次の国会の目玉法案だ。しっかりと練って根回しもするように。では、明日の朝食会で」

会議を終えた茂昭は文書をシュレッダーで裁断すると、届いた手紙類に目を通した。中に一通、「地獄の軽業師」という差出人名の封書が交じっているのに気づいたとき、ドアがノックされ、茂斗が入ってきた。

「失礼します。ただいま戻りました」

「うん、ご苦労さん」

茂斗が挨拶だけで姿を消すと、茂昭はおもむろに「地獄の軽業師」からの封書を開いた。中に入っていた文書を一読した茂昭は、怪訝《けげん》な顔になった。

二

三日後の夜、右京と薫はそれぞれのパソコンで『TOKYO TOPICS』のウェブ版の記事を読んでいた。亀山美和子の署名記事で、タイトルは「男どもよ、いつまで少年でいるつもりだ？　懲《こ》りない熟年探偵団に訊いた」とあり、画面には気取ってポーズをとる熟年探偵三名の写真が大きく載っていた。

捜査一課の芹沢慶二と出雲麗音もスマホでその記事を読んでいた。読み終わって顔を見合わせるふたりに、帰り支度を整えた伊丹憲一が声をかけた。

「お先」

「ああ、先輩、読みました？」芹沢が訊く。

「亀子の記事なんて読むか、バカ」

「読んだんだ。僕、『読みました？』って訊いただけですよ。美和子さんの書いた記事なんて、ひと言も」

「是非ご感想を」

麗音がマイクを向ける仕草をする。

「し、知るか、読んでねえもんの感想言えるか、バカ」

そう言い残し、伊丹は逃げるように帰っていった。


その頃、袴田邸では、茂昭が茂斗に「地獄の軽業師」から来た予告状を見せていた。目を通した茂斗が顔を上げた。

「質《たち》の悪い悪戯《いたずら》では？」

茂昭が苦々しい顔になった。


翌日、茂斗はその手紙を持って、〈熟年探偵団〉の事務所を訪れた。アンティークの調度品や装飾品が雑然と置かれたレトロな雰囲気の事務所では、大門寺、串田、野崎が所在なげにしていた。壁の黒板にはチョークで大きく「開店休業中」と書いてあった。

大門寺がその文字を示した。

「電話でも申し上げましたが、僕ら今、開店休業中。ご足労いただいてもねえ……」

「でも、そそられる話だよね。弁当持ちの身だけど」

串田が「執行猶予つきの人」を意味する隠語を使って興味を示すと、茂斗は予告状を三人の前のテーブルに広げた。

「現物がこちらです」

文面は筆文字の書体で印刷されていた。

——袴田茂昭様　来る12月16日　袴田邸に眠りし金塊を頂戴仕《つかまつ》る　地獄の軽業師拝
三人の目がらんらんと輝くのを見て取って、茂斗が迫った。

「どうです？　受けていただけますか？」

同じ頃、右京と薫も〈熟年探偵団〉の事務所を目指していた。

「しかしまあ、物好きというかなんというか……」

薫が上司に皮肉をぶつけると、右京も皮肉で返した。

「しかし、その物好きについてきた君こそ、物好きだと思いますがねえ」

「まあ、なんだかんだおっしゃいますけれども、結局は興味があるってことでしょ？　あっ、ここですよ」

薫が古びた雑居ビルの最上階に〈熟年探偵団〉の看板を見つけた。ふたりがビルの一階で待っていると、エレベーターが到着し、袴田茂斗が降りてきた。ふたりは茂斗と入れ違いでエレベーターに乗り込み、事務所のある階に向かった。

公務員と名乗るふたりから来意を聞いた串田が感心したように声を上げた。

「あんな記事でも反響あるんだね」

「物好きはどこにでもいるさ」と野崎が笑う。

「開店休業中なんですか？」

　薫が黒板の文字に注目すると、大門寺が応じた。

「別に不都合ないでしょ。あの記事を読んで、僕らに仕事の依頼に来るとは思えないし……。あっ、ご用件は？」

　物珍しげに室内を眺めまわしていた右京が振り返る。

「僕も名探偵ものには目がなくて。御多分に漏れず、子供時代は探偵小説に熱狂したものです。皆さんは乱歩《らんぽ》派、明智小五郎《あけちこごろう》がお好きのようですが、僕は断然ドイル、シャーロック・ホームズに心奪われていました」

「まさか用件は探偵小説談議かい？」

　串田が問い返すと、薫が皮肉交じりに指摘する。

「いやあ、皆さんみたいに少年時代の思いを失わずにいるのは羨ましいですよ」

「ええ、たとえ思いは失わずとも、現実的には忘れてしまったようにして生きていくことを余儀なくされる」

　右京の言葉を薫が受けた。

「生活がありますからね。子供の頃のようなわけにはいかない」

「まあ大人買いみたいなもんです」大門寺が唐突に言った。「子供の頃、欲しくてたまらなくても手に入らなかったものが今は買えるようになった。それも好きなだけ」

「皆さん、今はお金には困らない悠々自適の身」と右京。

「しっかり社会人したもん」串田が胸を張る。「税金もたくさん納めた」

「結果、長らく中断していた小学生の頃の夢を、リタイアして自由になった今、実現しているそうですね。だから少年探偵団ならぬ〈熟年探偵団〉」

右京が壁にかかった看板を指差すと、探偵三人は「少年探偵団」のテーマソングを高らかに合唱した。薫が拍手で称える。

「小学校時代から続く友情！　ますます羨ましい」

「ところで、先生はどちらに？」

唐突な右京の質問に、三人は顔を見合わせた。

「少年探偵団はあくまでも明智先生の助手。それに倣《なら》えば、〈熟年探偵団〉にも明智小五郎に匹敵するような名探偵、すなわち先生がいてしかるべきと思いましてね」

「記事にはそういうのなかったけど」

薫が首をひねる。三人は黙ったままだった。

「僕の考えすぎでしょうかね」

特命係のふたりが帰った後、探偵三人は〈慶明大学《けいめい》〉のキャンパスへ行った。

「先生!」

串田が呼びかけると、大門寺寧々が振り返った。

〈熟年探偵団〉から依頼内容を聞いた寧々は、目を輝かせた。

「大金塊を狙う怪盗からの犯行予告状なんて……イカれてるね。やろう!」

「先生、無邪気に言うけど、相手は袴田茂昭だよ」

串田が口にした大物政治家の名前を寧々は知らなかった。

「誰それ?」

「相変わらず一般教養が欠落してるな。そんなんじゃ就職する段になって苦労するよ。ちゃんと単位取れてんの?」

「ミス研の部室に入り浸って、ろくに授業出てないでしょ」

串田と野崎から責められた寧々が、大門寺に助けを求める。

「ねえ、おじいちゃん、孫が老人ふたりにハラスメント受けてんだよ。助けてよ」

「おまえの行く末だけが不安だ」

「そんなことより、ねえ誰? ハカマダ?」

大門寺がやれやれという調子で教える。

「茂昭。衆議院議員。与党の政調会長だった人だよ」

袴田邸の庭では、茂斗が雑居ビルのエレベーターで偶然会った人物について、立ったまま茂昭に報告していた。

「杉下右京だと？」

憎々しげに顔を歪める茂昭に、茂斗は「間違いありません」とうなずいた。

「あの顔は忘れませんよ。先生に無礼を働いた奴ですから」

「向こうはお前に気づいたのか？」

「気づいてないと思います。ほとんど顔を合わせたことはありませんし」

「あれは侮れない男だよ」茂昭は険しい顔になり、近くにいた庭師を呼びつけた。「甲《こう》良《ら》」

「はい」

「賊が侵入するとすれば庭からだろう。容易に入り込めぬよう工夫してくれ」

「工夫って」甲良尚真《なおまさ》が戸惑う。「塀に有刺鉄線でも張り巡らせますか？」

「ああ、そうしろ」

茂昭はそう命じて、屋敷に入っていった。

侮れない男、杉下右京は特命係の自席のパソコンで、エレベーターで会った人物を探し当てていた。

薫がパソコンをのぞき込む。

「議員秘書？」

「ええ。袴田茂斗。父親である袴田茂昭議員の秘書です。今は修業中の身といったところでしょうが、直系の後継者ですねえ」

「はあ。ちなみにこの袴田って議員は何者です？　悪者？」

「ああ、そうでしたね。君が帰国する前の事件でした」右京が袴田との因縁を語る。「ちょうど今から一年前、袴田議員が、関係する企業の訴訟に有利な判決を得ようと最高裁判事の懐柔を試みたのですが失敗。そのうえ、当時の筆頭秘書が人気《ひとけ》のない公園で判事に暴行を働いたことを発端に、予想外の方向に事件は拡大しました」

薫がパソコンで検索し、当時のニュース記事を見つけた。

「ついには秘書が関係者を殺害、ですか」

「切羽詰まった袴田議員が秘書に因果を含めて、やらせたんですす」

「殺人教唆《きょうさ》？　でも当時の記事にはそんなこと……袴田茂昭衆議院議員の秘書、結城宏《ゆうきひろし》が殺人と監禁の容疑で逮捕されたってことしか、書いてませんよ」

「袴田議員も捕まるはずだったんですがねえ」

思わせぶりな右京の口ぶりを、薫が気にした。

「はずだった？」

「実は殺人教唆の証拠がなく、このままだと罪をすべて秘書にかぶせて袴田議員は逃げおおせると、当局も考えていました。ところが土壇場で袴田議員は尻尾を出した」

「尻尾？　どんな？」薫が食いつく。

「犯人でなければするはずのない勘違いをしていたんです。その発言をしっかり録音しました」

「それでも逮捕に踏み切れなかったのはどうしてです？」

「直後、録音した音声が消失してしまったからです。何者かがコンピューターシステムに侵入し、その音声データを削除しました」

「ハッキングですか？　まさか袴田議員の差し金とか？」

「確証はありませんが、それによって彼は逮捕・起訴を免れたわけですから、いささか彼を甘く見ていました」

「で、袴田議員は結局、野放し状態」

「秘書の不始末の責任を取るということで、党の政調会長は辞任しましたが、議員辞職などはせず、相変わらず政界では隠然たる存在ですよ」

薫が理解した。

「そんないわく付きの議員の秘書……それも息子が〈熟年探偵団〉になにか依頼したと

したら、これは気になりますよね」

「大いに」右京が深くうなずいた。

その夜、袴田茂昭が自邸の和室で物思いにふけっていると、妻の虹子がやってきた。

「こんなところにいらしたの？　珍しい」

「あのおかしな予告状で、久しぶりにな」

「地獄の軽業師ねえ。真に受けて有刺鉄線なんて。やめさせましたから。おじいちゃまの頃からの大切な庭に変なことしないで」

虹子にとって、ここは大切な実家だった。

「転ばぬ先の杖だ」

茂昭のひと言に、虹子がため息をつく。

「そういうところ父にそっくり。あなたも父と同じように、出世することなく埋もれてしまう運命だと半ば諦めてたわ。おじいちゃまが政界で築いた袴田家のブランドも三代目で見事潰えてしまうと」

茂昭が自嘲する。

「婿選びに失敗したと散々こき下ろされたの、忘れちゃいないよ」

「でもあなたは見事に私の軽蔑をはねのけたじゃない。政界でめきめきと頭角を現した。

その出発点がここにあるのよ。誇るべきだわ」

虹子が畳に手をついた。

「ねえ、いいこと？　あなたには袴田家の政治家としての命脈を、茂斗にリレーする大事な役割があるの。たとえどんな困難が降りかかろうと、どんな手を使ってでもはねのける逞《たくま》しい姿を、あの子に見せつけてやってちょうだい」

虹子が和室から応接間に移動すると、茂斗が壁に飾られた犀朗の肖像画を眺めていた。

「ねえ、覚えてる？　小学生のときだったかなあ、誕生日におじいちゃまが江戸川乱歩全集をプレゼントしてくれたの。そしたらお母さま、烈火のごとく怒ってこんなくだらないものって、全部燃やしちゃった。そのときのおじいちゃまのばつの悪そうな顔ったら……」

「そうだったっけ？」虹子がとぼける。

「以来、探偵小説の類《たぐ》いは御法度《ごはっと》になって、そういうものとは無縁で育った。通俗小説なんて読む暇あったら、歴史書を読みなさい。社会を学びなさい。そういうことに役立つ本をお読みなさい。ふた言目にはお母さまはそう言って、僕から探偵小説を取り上げた」

「なにが言いたいの？」

「探偵小説とか読んできたら、今回みたいなとき、なにか役に立ったかもしれないなあなんて……」

息子の幼稚な発言を、虹子が笑い飛ばす。

「そんなもの読んでたところで有刺鉄線が関の山よ。おじいちゃまだって呆れてるわ、きっと」

茂斗は雀扉の肖像画に目を転じた。

「ひいおじいちゃまのことは写真でしか知らないけど、党の長老の先生から噂は聞くよ。偉大な政治家だったって」

「あなたにもその才能が受け継がれてるのよ。この間、お父さまにね、あなたもいずれここに飾られるのよって言ったの」虹子は棚の上に置かれた雀扉と扉朗の胸像に目を向けた。「そして、茂斗がこうやってブロンズ像をこしらえてくれるわって。そしたらお父さま、とっとと俺に死ねってことか、ですって」

虹子はそう言うと、愉快そうに笑った。

その頃、家庭料理〈こてまり〉のカウンター席では、美和子が女将《おかみ》の小手鞠こと小出茉莉に酌《しゃく》をしていた。

「いつまでも少年の心を持ってるなんて言えば聞こえがいいけど、それって要するにいつまでもガキンチョってことでしょ？」

小手鞠が芸者時代のエピソードを披露した。

「お座敷でもね、地位も名誉もあるような殿方が、まあびっくりするぐらいの幼い一面を垣間見せることがあるわ」

「それって究極、赤ちゃんプレイってことですかね？」

「まあ嫌だ、美和子さん！」小手鞠は美和子の肩を叩くと、両手で顔を覆った。「恥ずかしいわ」

「ちょっと小手鞠さん！」今度は美和子が小手鞠の肩を叩く。「ぶりっ子しすぎですよ」

「バレた？」

と、そのとき引き戸が開き、右京と薫が入ってきた。

「こんばんは」

小手鞠は美和子に「ガキンチョご来店」と耳打ちすると、立ち上がってふたりを迎えた。「いらっしゃいませ。お待ちしてました」

「おお、美和子、来てたんだ」

薫が美和子の隣に座る。

「なんにいたします？」

「あっ、じゃあ熱燗《あつかん》で」

「はい。杉下さんはいつものでで？」

「ええ」小手鞠にうなずいていつもの角の席についた右京が、美和子に訊いた。「どうですか、記事の反響は？」

「それより右京さんの感想を聞かせてくださいよ」

「喧嘩を売られているようで不愉快極まりない」

「えっ？」

「……というようなことを亀山くんは言っていましたが、僕は大変興味深く拝読しましたよ」

「はあ、それは……どうもです」

右京が曖昧《あいまい》な笑みで応じた。

「どういたしまして」

三

翌朝、右京と薫が雑居ビルの近くで張り込んでいると、〈熟年探偵団〉の三人と寧々が現れ、車に乗り込んだ。

「あの若い子、誰でしょう？」

薫が初めて見る寧々を気にすると、右京もその姿を視線で追いながら同意した。

「ええ、気になりますねえ」

探偵たちの車が発車したのを見て、薫が気合を入れる。

「よっしゃ！　出発進行」

やがて探偵たちの車は袴田邸の近くの駐車場に駐《と》まった。寧々を先頭にして熟年探偵三人があとに続く形で、一同は袴田邸に向かった。ずっとあとをつけ、同じく駐車した薫が、車から降りる。

「ではご案内いただきましょうかね」

「ええ」右京も車から降りた。

袴田邸の門前で呼び鈴を押して応答を待っている寧々と探偵たちの前に、右京と薫が姿を現した。

「これはこれは」

「わあっ、まさかこんなところで」

わざとらしく驚く右京と薫を見て、串田が前に出た。

「こちらに用事？」

「皆さんも？」

右京がとぼけたとき、インターホンから家政婦の四谷仁実の声がした。

――はい。

「あっ、〈熟年探偵団〉です」

かしこまって名乗る大門寺に、仁実が応答する。

――はい、うかがっています。

「それと……」

大門寺が特命係のふたりを振り返ると、右京がインターホンの前に進んだ。

「よろしくどうぞ」

――はい。では通用口へお回りください。

「こっちですね」

薫が先頭に立ち通用口へ向かう。熟年探偵たちはキョトンとしながらあとに続いた。

見事、袴田家の客間に入ることに成功した右京と薫はさっそく室内を眺めまわしていた。そんなふたりに目をやって、串田がささやいた。

「間違いなくどさくさっぽかったよね」

「確実にどさくさだよ」野崎が断じる。

「あなた方、何者?」大門寺が右京と薫に質問した。「昨日、公務員って言ってましたよね」

「ええ、はい」

右京がいけしゃあしゃあと答えたとき、袴田茂昭と茂斗が入ってきた。

予想もしていなかった人物を目の当たりにして、茂昭が目を瞠《みは》った。

「杉下右京？」

右京が茂昭の前に進み出た。

「ご無沙汰です。その節はどうも」

「どういうことだ？」

茂昭に詰問され、茂斗は「いや……」と口ごもった。

「知り合い？」

大門寺に訊かれ、薫は「僕は初対面」と答えた。

「あなた方が連れてきたのか？」

茂斗が熟年探偵たちに迫ると、大門寺は「いやいや、とんでもない」と否定し、串田は「どさくさ」と要領を得ない回答をした。

「なんでもいい。帰れ。警視庁になんか用はない」

右京を毛嫌いする茂昭が不快感を露わにしたが、言われた本人はどこ吹く風だった。

「なにか事件が発生しましたか？　捜査が必要なければ、〈熟年探偵団〉に用はないでしょうからね」

「あんたの知ったことか。とっとと帰れ！」

茂昭が客間から出ていくと、茂斗が右京に向き合った。

「信じがたい人だな、まったく」

そう言って、茂昭のあとを追って出ていった。

「警視庁？」寧々がつぶやく。

「あなた方、刑事？」

大門寺に問われ、薫は「うん、まあね」とうなずいた。

串田が声を張る。

「公権力の横暴。僕ら身に染みてるよね。警察なんてろくなもんじゃない！　あっ、こんなこと言うと、侮辱罪で捕まっちゃうか。僕ら弁当持ちだから、気をつけないとね」

薫が感心する。

「よく知ってますね。弁当持ちなんて符丁」

「執行猶予中の身なんて言ったら、白い目で見られるだろ」

「とにかくね、あなた方はお呼びでないから帰ったほうがいい」

進言する大門寺に、右京が左手の人差し指を立てた。

「その前にひとつ」右京が寧々の前に立ち、その目を見つめた。「実はずっとあなたが気になっていたのですが……」

「うわっ、聞いた？　ずっと気になってただって！」

　串田の勘違いに、野崎も同調する。

「いやらしい」

　寧々も右京の目を見つめ返す。

「あたしも気になってました」

「はい？」

「見ろ！　絶対育て方、間違ったぞ！　大門寺家は恋愛観も歪んじゃってる！」

「ちょっと黙ってて！」寧々はわめきたてる串田を一喝すると、右京の顔をまじまじと見つめた。「杉下右京さん？」

「ええ」

「ひょっとして『亡霊たちの咆哮《ほうこう》』を書いた杉下右京？」

「おやおや」

　中学生時代に書いたミステリー小説の題名をいきなり持ち出されようとは、さすがの右京も想定外だった。その小説にからんだ事件に巻き込まれたことのある薫も、もちろんその題名を覚えていた。

「えっ、君、なんでそれを？」

「大学のサークルで語り継がれてるんで」

「サークル?」

「ミステリー研究会」

寧々の答えを聞き、右京がしたり顔になる。

「やはり僕の想像どおりのようですねえ。あなたが先生。そして皆さんはその助手」

「ただの助手じゃない、優秀な助手だぞ」串田はそう主張し、寧々に質問した。「なにこの人、ミステリー小説でも書いてんの? 刑事も暇だな」

薫が誤解を解く。

「いや、中学生時代ですよ。ねっ?」

「ええ……。手すさびにそんなものを書いた覚えが、ええ……かすかに……」

とぼけようとする右京に、薫が詰め寄る。

「俺、あのとき、監禁されてひどい目に遭ったんですからね。忘れたとは言わせませんよ」

「そうであれば、今さらながらお詫びしますが……」

薫は食えない上司の追及を諦めて、寧々に訊いた。

「でさ、なんでそんな小説知ってんの? サークルで語り継がれてるって?」

「『亡霊たちの咆哮』は早熟の天才中学生、杉下右京が書いた唯一の傑作ミステリーとして、我がサークルではレジェンド扱いされています。その一作を残して消えた幻の作家として。でも、その後、実は警視庁で刑事となって、現実の事件解決で活躍してるって風の便りに聞いて……それがまさかこんなとこで！」

寧々が〈慶明大学〉のミステリー研究会のホームページをスマホに表示した。そこには『亡霊たちの咆哮』の熱い書評が載っていた。

「なんともはや汗顔の至りですねえ……」

右京が顔をそむけたところへ、茂斗が戻ってきた。

「まだいたんですか。図々しいにもほどがある」

「ご安心を。ちょうど今帰るところです。亀山くん」

薫を促して帰ろうとする右京を、寧々が止めた。

「待って！」

茂斗から報告を受けた茂昭は、大きなため息をついた。

「オール・オア・ナッシング。つまりそういうことか」

「この際、もう全員帰してしまわれては？」

茂斗が提案したが、茂昭は迷っていた。

「こんなまねするたわけ者、見つけ出さずにはおられんだろう。かといって、警察沙汰にはしたくない」

　客間では、串田が寧々を問い詰めていた。

「先生、本気？　ふたりを帰すなら私たちも帰ります、なんて啖呵《たんか》切っちゃってさ。だったら一緒に帰ってくれって言われるのがオチだぜ」

　大門寺も孫娘を責めた。

「そもそも先生が乗り気だったから引き受けた話だぞ。僕らとしては、当分の間静かにしておこうってとこだったんだから。いいのか？　キャンセルされても」

「ここは我々、いったん引き揚げるからさ」薫が寧々にそう言ったとき茂斗が戻ってきたので、薫は先んじた。「はい、わかってます。杉下右京を受け入れるなんて不可能。よって全員退却。お疲れさまでした」

　しかし、茂斗の回答は耳を疑うものだった。

「先生から許可が出ました。いていただいて構いません」

「えっ、嘘⁉」

　目を丸くする薫から離れ、茂斗が右京の前に立つ。「ただし余計な詮索は無用。わきまえてもらいます」

　そして、茂斗は予告状を見せた。三人の熟年探偵にはすでになじみのあるものだったが、他の三人にとっては、初めて目にするものだった。文面を読んで、薫が言った。

「金塊って……そんなもんがあるお屋敷なら、そりゃ盗賊にも狙われますよね。この予告状はいつ？」

　茂斗が即答する。

「八日に家政婦が回収した郵便物の中にありました」

「金塊はお屋敷のどこに眠ってるんですか？」

　寧々の質問に答えてよいものかどうか、茂斗はひとり離れたソファに座る茂昭に、目で指示を仰いだ。

「案内してやりなさい」

「承知しました。ではこちらに……」

　茂斗が一同を案内して客間から出ていったが、右京だけはその場にとどまった。

「あんたもとっとと行け。目障りだ」

　茂昭から罵倒されても右京は動かず、むしろ近づいてきた。

「まさか録音データ消去という荒業に出るとは思いませんでしたよ。少々あなたを見くびっていたようです。想像していた以上にお力をお持ちのようですねえ」

「余計な詮索はするなと言ったはずだ」

「ああ、この件もですか？　詮索無用は金塊を狙う犯行予告の件についてだけかと……」

茂昭は苦虫を噛み潰したような顔になり、客間を出ていった。

内閣情報官の社美彌子《やしろみやこ》はスマホで通話していた。

「えっ？　杉下右京が袴田茂昭の屋敷に？　確かなの？　そう、わかった。ありがとう」

通話を終えた美彌子は、やれやれと首を振った。

右京が中庭を眺めながら廊下を歩いていると、四谷仁実とすれ違った。

「ああ……ちょっとよろしいですか？」

「よろしくありません。探偵みたいな顔をして、実は刑事だったというような不誠実な方とはお話ししたくありません」

「それについてはお詫びします。言葉が足りませんでした」

「坊ちゃんにこっぴどく叱られました」

右京は気にせず会話を続けた。

「それはさておき、このお屋敷に金塊が眠っていることはご存じでしたか？」

「勝手にさておくな」仁実は独り言《ご》ちると、右京に向き合った。「そりゃまあ長くいればね、そのつもりがなくても知っちゃいますよね」

「たとえばあの方はご存じだったでしょうかね？」

右京が中庭に提灯《ちょうちん》を吊るしている庭師の甲良を指差した。

「ああ知ってますよ。今もせっせと賊の侵入に備えてるんですから」

「なるほど。となると、このお屋敷にいる方全員が金塊のことをご存じだったわけですね」

「今いる人ばかりじゃないですよ。ここの奥さま、政治家一族のお嬢さんだけあって、気風もいいし面倒見もいいせいか、書生さんみたいな居候さんが入れ替わり住んだりしてますからね。そういう中にも、金塊のことを耳にしてる人、結構いると思いますよ。お屋敷に眠ってるって」

「ああ」右京は納得した。「いわば公然の秘密ですねえ。今現在もお屋敷に書生さん、いらっしゃるんですか？」

「今は端境期」と答えて、仁実は慌てて手で口をふさいだ。「あっ、刑事に尋問されて余計なこと言っちゃった。また叱られる！」

茂斗は右京を除く五人を和室に案内した。そして一枚の畳を示した。

「ここです」

「えっ、この畳を剝《は》がすと金塊が出現？」

茂斗は薫の問いには答えず地袋《じぶくろ》から手鉤《てかぎ》を取り出し、畳に突き刺した。そして薫の手を借りて、畳を剝がす。畳の下は収納庫になっており、扉を開けると黄金に輝く延べ棒の山が現れた。

右京はふと興味を惹かれて、廊下の途中で見つけた部屋に入った。壁一面の本棚がすべて本で埋まっており、古今東西のミステリー小説がぎっしりと並んでいた。棚に収まり切れない本は床に積まれており、さながら古書店のようだった。

右京が感心しながら、一冊の探偵小説を手に取って眺めていると、部屋の主の甲良尚真が一服しに戻ってきた。

「なっ……人の部屋でなにしてる⁉」

右京は悪びれることもなくぬけぬけと言った。

「ああ、失礼。いやあ、すごいですねえ。すべてミステリー。古い探偵小説もある。お好きですか？　僕も目がないんですよ」

甲良が目を三角にして声を荒らげた。

「質問に答えろ」

「金塊の部屋に向かっていたのですが、迷ってしまいましてねえ。片っ端からお部屋をのぞいて歩いていたところ、この壮観な景色に出くわしてしまいましてねえ」

「金塊のある和室は廊下に出て左！」

甲良が吐き捨てるように言うと、右京は平然とした顔で訊いた。

「予告状についてどう思われます？」

「は？」

「眠りし金塊を狙う地獄の軽業師ですって」

「可哀想に」甲良は提灯をたくさん吊るした庭を見やった。「そのせいでせっかくの庭が台無しですよ」

「はあ、なるほど」

右京は教えられた和室に向かう途中で、応接間を見つけた。壁の肖像画と棚のブロンズ像に目を留め、ふらりと中に入る。ブロンズ像に手を伸ばそうとしたとき、ラムを抱いた虹子が現れた。

「なにをなさってるんです？」

「あっ……どうやらすっかり迷子になってしまったようで」

ラムが甲高い声で吠えたてた。

「もういいですか？」

息を呑んで延べ棒を見つめる一同にそう言うと、茂斗は収納庫の扉を閉めた。そこへようやく右京がやってきた。

「金塊はここですか？」

「ああ、右京さん。そうなんですよ」薫の声は感動で震えていた。「これ、開けた下にあるんですよ」

「おお、まさしくお屋敷に眠りし金塊。皆さん、もうご覧に？」

「ええ」

一同がうなずくと、右京が収納庫の扉に手を伸ばす。

「僕も拝見したいですねえ」

と、茂斗が扉をバンと叩いた。

「見世物じゃないんで」尖った声で告げると、剝がした畳に手をかけながら野崎に言った。「ちょっとよろしいですか？」

「あっ、はい……」

茂斗と野崎が畳を元に戻すのを見ながら、大門寺が右京に言った。

「一緒に来ないから……」

「杉下右京さんって、やっぱり団体行動苦手ですか？」

寧々にズバリ指摘され、右京は苦笑した。

「いえ、決してそんなことは。協調性もあるほうだと思っています」

　薫が上司をフォローした。

「あるほうなんだけど、迷子になりやすいだけなの」

「なんとかお願いできませんかねえ？」右京が未練たらしく茂斗に頼み込む。「もしも盗賊が首尾よく盗み出すことに成功した場合、僕は噂の金塊を永遠に拝めないことになってしまいますからねえ。無事なうちにチラッとだけでも」

　右京の物言いに苛立《いらだ》った茂斗が声を荒らげる。

「盗まれないためにあなた方がいるんでしょうが!!」

「それはもちろん。しかしまあ、上手の手から水が漏れることだってありますからねえ」

　懲りない右京に辟易《へきえき》しながらも、茂斗は怒りを抑え込んだ。

「怒鳴ってすみませんでした。いやまあ正直な話、盗み出すなんて不可能ですけどね」

「そうでしょうか？」右京が疑問を呈する。

「はい。皆さんもご覧になったとおり、金のインゴット、それもラージサイズが二十本ですから」

「延べ棒ですか。ラージサイズが二十本。トータルの目方は……」右京が即座に暗算する。「およそ二百五十キロにもなりますねえ」

「簡単に運び出せるような代物じゃない」

茂斗の言葉に、串田が異論を唱えた。

「でも相手は怪盗だよ。地獄の軽業師ってんだろ？」

「まるで魔法のような方法で我々を翻弄するに違いない」

野崎が続くと、大門寺が声を弾ませた。

「だけど最後に勝つのは僕らだ！」

熟年探偵たちの会話を耳にして、茂斗は呆れかえっていた。

「さあ、引き揚げますよ」


客間に戻った寧々は、予告状を手に取り、右京に質問した。

「杉下右京さん、この予告状についてどう思います？」

「率直に言えば、なんのためにこんなものをよこしたのか、理解に苦しみますね」

「ですよね。あたしもです。意味がわからない」

「探偵小説の世界ならば成立するでしょうが、現実の窃盗においては、犯行予告など非合理この上ない」

薫が会話に加わった。

「ええ。泥棒のほうから、わざわざ盗まれないように気をつけてねって言ってきてるようなもんですもんね」

大門寺は別の見解を持っていた。

「そんなふうに決めつけるのはどうかなあ。犯人にロマンがあったっていいだろ」

「ロマン?」薫は引っかかりを覚えた。

「うん。探偵小説的けれんを狙っているのかもしれないだろ」

「そうだそうだ。きっとそうだ」

串田が調子を合わせると、寧々が申し訳なさそうに右京と薫に説明した。

「この人たち探偵小説脳なので気にしないで」

「先生だって嫌いじゃないくせして、探偵小説的世界観」

串田が指摘すると、寧々は認めた。

「好きよ。でも戦前の探偵小説みたいな、単純でご都合主義なのは嫌なの。だから、あたしはこの予告状にだって、なにか別の意味が欲しい」

「別の意味って?」

薫の問いは無視され、寧々は右京に訊いた。

「合理的な意味、欲しくありませんか、杉下右京さん」

「たしかに、これを額面どおりには……。別の意味があるのではないかと考えるのが妥当だと思います」

「あたしはちょっと思いつきました」

「ほう！　それはぜひお聞きしたいですね」

「はい。あえて盗みを予告して注意を喚起するような犯人って、どんな犯人だと思う？」

寧々から突然振られ、薫はまごついた。

「えっ、ああ、俺？　えっと……よっぽどの間抜けか、根拠なき自信家か、夢見る探偵小説マニアか……」

寧々が遮《さえぎ》って自説を披露した。

「あたしはこう思うの。あえて予告状をよこすところから犯人像を推察すると、まずは知能犯が思い浮かぶ。知能犯イコール非暴力的なイメージでしょ？　それこそが犯人の狙い。わかる？」

「また俺？」指差された薫は途方に暮れた。「わかりませ～ん」

「むしろ亀山さんの出番かもしれないのよ、今度の犯人」

「えっ？」

戸惑う薫に代わって、右京が寧々の考えを読んだ。

「こうおっしゃりたいのでしょうかねえ。非暴力的な知能犯を装うことで、犯人は我々を油断させようとしている」

「さすが！　そうなの。犯人は実は強盗で、暴力的手段で金塊強奪を計画してる。つまり予告状は罠《わな》なのよ。見渡したところ、強盗に立ち向かえそうなのって亀山さんだけじゃない。あたしは女の子だし、杉下右京さんはもっぱら頭脳担当でしょ。探偵団の三人はおじいちゃんだから役に立たない。頭脳には期待できないけど、そのぶん身体も大きいし、体力はありそうな亀山さんが頼りになるってわけ」

　体力担当と見なされた薫は苦笑するしかなかった。

「いや、まあもちろん立ち向かうけどさ、向こうがどんな凶器持ってるかわかんないからね。こっちは丸腰だから。強盗なんて来たら、俺だってひとたまりもない」

　串田が茶々を入れる。

「ピストルぐらい持っといでよ。警視庁だろ」

「いや、あのねえ……」

「少年探偵団だって子供だてらにピストル持ってるよ」

　串田の言葉に、野崎が応じる。

「俺らもね」

　串田と野崎が懐からおもちゃのピストルを取り出し、空撃ちした。

「現実世界に話を戻しましょうか」右京が寧々に向き合った。「あなたの見解、大変面白い着眼ですが、犯人が強盗である可能性は九分九厘、いえ百パーセントありませんね」

「どうして？」

「はなから金塊を力ずくで奪い取る気ならば、なにも罠の予告状で油断させる必要はない。とっとと襲撃して強奪すればいい」

「ああ、たしかに！」薫が同意した。

「あなたの着眼は評価しますが、しょせんは探偵小説的推理。言い換えれば推理のための推理。現実ではほとんど無意味ですね」

右京に論破され、寧々が肩を落としたところへ、虹子がラムを抱いて現れた。

「活発なご議論、お疲れさまです。少し休憩なさいません？　あんまり根を詰めると体に毒よ」

虹子は仁実に命じて中庭にテーブルを出し、紅茶と菓子を用意していた。急ごしらえのガーデンパーティに全員が着席したところで、虹子が落ち着いた物腰で頭を下げた。

「このたびは袴田茂昭のために集結してくださって感謝しています。今回お願いしているのは、袴田にとってかけがえのないもの。なんとしても守ってやってください。そして馬鹿げた犯人を突き止めてくださいい。改めてわたくしからもお願い申し上げます」

すかさず右京が右手の人差し指を立てた。

「ひとつお願いしても？」

「なんでしょう？」

「犯行の予告日までにやれることには限りがあります。書生さんなど一定期間以上、このお屋敷に寝泊まりしていた方々の氏名や連絡先を教えていただけませんかねえ？　いや、わかる範囲で構いません」

「お屋敷に眠りし金塊について聞いてるかもしれませんからね」

薫が補足すると、寧々も賛同した。

「たしかに犯人特定の手掛かりになるかもしれないしね」

「我々からもお願いします。ぜひ……」

〈熟年探偵団〉を代表して大門寺が頭を下げると、虹子は「承知しました」とうなずき、右京をまねして右手の人差し指を立てた。

「ではわたくしからもひとつ、お願いしてもよろしいですか？」

「なんでしょう？」右京が訊いた。

「あなたの本当の興味が、昨年、結城宏が起こした事件にあることはわかっています。結城は恩も忘れて、自分の罪を袴田になすりつけようとしましたが、神に誓って袴田は無実です。どうか自己満足のためにこれ以上、袴田を追い詰めるようなことはなさらないで」

「自己満足とは聞き捨てなりませんねえ」

右京が反論しようとすると、虹子は薫に語りかけた。

「この方を止めてください。袴田が警視庁の妄想モンスターの餌食にならないように。

このとおりお願いいたします」

虹子は優雅な所作で地面にひざまずくと、その場で土下座した。

「ちょっ……あっ。奥さん……そんな……」

薫があたふたしているところへ、茂斗が駆け込んできた。

「お母さま、なんのまねですか⁉」

「見てのとおり、伏してお願いしてるのよ」虹子はなにごともなかったかのように立ち上がると、「ではわたくしはこれで。どうぞごゆっくり」と、呆気《あっけ》にとられる一同を残して去っていった。

四

翌日の午後、右京と薫はとある中学校を訪ねた。かつて書生として袴田邸に住んでいたことのある松沼《まつぬま》という人物は、現在中学校の教師となり、野球部の顧問をしていた。放課後の校庭で部員たちに檄を飛ばしていたユニフォーム姿の松沼は、木陰に移動して特命係のふたりに向き合った。

「金塊ですか？」

「ええ」右京が促す。「お聞きになったことは？　袴田家にいらっしゃった頃」

「お屋敷のどこかに眠ってるって話半分では聞いてましたけど、あるんですかね、本当に。これって聞き込みってやつでしょ？」

「あ、いえ、そんな大げさなものではないです」

「いや、大げさですよ。こんな大勢で」

右京と薫の後ろには、〈熟年探偵団〉の三人と寧々が顔をそろえていた。

続いて、右京と薫は一時期袴田邸に出入りしていた区議の女性を訪ねた。女性の話も松沼と大差なかった。

「それで、なんの聞き込みなんですか？」

「あ、いや、そんな大げさなもんじゃないんですよ」

薫が取り繕おうとしたが、女性の険しい視線は特命係のふたりの背後にいる四人に向けられていた。

「じゃあ、なんでこんな大勢で……」

「えっと、密着取材ですかね」

薫は笑ってごまかすしかなかった。

午後いっぱい右京と薫について回ったあと、四人は夕刻に〈熟年探偵団〉の事務所に戻った。串田が寧々に訊いた。

「先生、誰か気になるの、いた？」

寧々の手には袴田家から提出された十数名分のリストがあり、その大半は線で消されていた。

「気になると言えばみんな気になるし、気にしなければ誰も気にならない。ねえ、結城宏だって金塊のこと知ってたはずじゃない。リストアップされてないけど、袴田議員の腹心の秘書だったんでしょ」

「知っていた可能性はあるけど。捕まっちゃってるしな」

大門寺が答えると、寧々が目を輝かせた。

「捕まってるからこそよ。不可能犯罪の犯人としては申し分ない」

「また探偵小説みたいなこと言ってると、杉下右京に馬鹿にされちゃうよ」

串田に注意され、寧々が歯嚙みした。

「失礼よね。自分だって妄想モンスターのくせして」


一方、特命係の小部屋では、薫が電卓を叩いていた。

「二十億ですよ、あの金塊。今の相場で一本、約一億円。それが二十本で、トータル時価総額二十億円」

右京は紅茶の入ったカップとソーサーを手にしていた。

「金相場は上昇し続けていますからねえ」

「本当にどういう素性の金塊なんですかね？」

「素性もさることながら、僕は『袴田にとってかけがえのないもの』という、奥さまのあの言葉が気になりますねえ」

「そりゃあ二十億もの財産となればね」

「かけがえがないですか？」

「うーん」薫がしばし考える。「まあたしかに、いくら莫大な財産でもかけがえのないものっていうのは、ちょっとおかしな表現ですかね」

「ええ。つまり財産的価値以外のなにかがあの金塊にはある。そんな気がします」


美和子は自宅で料理に精を出していた。独特の色合いと個性的な味わいで知られる美和子の料理だったが、その日鍋の中で煮えていたのは鮮やかなピンク色のシチュー状の何物かだった。

味見をしてさらに牛乳を足そうとしていたとき、スマホに着信があった。

「はい、もしもし？」

――先日お目にかかった大門寺です。寧々です。

「ああ、どうも。先日はありがとう」

――暇？

「はい？」

翌朝、右京と薫が袴田邸に出向くと、すでに熟年三人組が到着していた。しかし、ひとり足りないのに薫が気づく。

「先生は？」

室内でもハンチングを脱がずに串田が答えた。

「昼過ぎになるんじゃない」

「どうして？」

「さあ、知らない。明智小五郎だってさ、ぷいっといなくなって次に現れたときには新しい手掛かりをつかんでるなんてこと、よくあるじゃない」

中折れ帽を手に取って大門寺が右京に探りを入れた。

「昨日は付き合わせてもらってありがとうございました。ちなみに気になった人とか、いました？」

「気になると言えば皆さん気になりますし、気にしなければどなたも気になりませんねえ」

どこかで聞いた台詞に野崎がくすっと笑い、レザージャケットの肩が揺れた。

寧々は美和子に同行してもらい、東京拘置所の面会室にいた。刑務官に伴われて入ってきた結城宏はすっかりやつれていた。

「金塊？」

アクリル板越しに訊き返す結城に、美和子が言った。

「ご存じかと思うんですが……」

「いや知らない。そんな話どこで聞いたの？」

結城はきっぱり否定した。

袴田邸の客間で、特命係のふたりと熟年三人組に合流したあとも、寧々は結城の言葉を疑っていた。

「知らないなんておかしい！　訪ねた人たち、みんな知ってたのに、この人だけ知らないなんて変。絶対変！　だって秘書だったんでしょ？　お屋敷にだって出入りしてたはずだし……」

不満をぶつける寧々に、右京が言った。

「そうですか。知らないとおっしゃっていましたか」

「もしあれが表沙汰にできない財産だったとしたらなおさら、袴田議員のことを恨んでるんだから、ここぞとばかりにあるって言ってもおかしくないでしょ？」

「それは一理ありますねえ。いずれにしてもお手柄」

右京の発言を受け、薫が拍手の口まねをした。

「パチパチパチパチパチ……」

「僕も結城宏が金塊の件を知っているはずだとは思っていましたがね」

右京の言葉は負け惜しみに聞こえた。

「いや実は俺らも面会の申請したんだけど、断られちゃったんだよ。よく面会できたねえ」

感心する薫に、寧々が得意げに言った。

「見直した？」

「パチパチパチパチパチ……」

串田が身を乗り出して話題を変える。

「それはそうと、いよいよだね、予告日。今夜午前零時を回ったらスタートだ」

野崎がたしなめる。

「いよいよなんて言うと心待ちにしてるみたいだぞ」

「地獄の軽業師が現れるの、楽しみじゃないか」

「そりゃそうだけどさ……」

串田と野崎の言い合いを制して、右京が左手の人差し指を立てた。

「実は予告日を迎えるに当たって、ひとつ探偵団の皆さんに提案なのですが……。僕もあれからずっと予告状の意味を考えていたところ、過去にお屋敷に居候していた方々のお話を聞いて回って、ふと思いつきましてねえ」

持って回った右京の言い方に、寧々が焦れる。

「もったいぶらずに聞かせて」

「皆さん、金塊のことは耳にしていても、それがあのお屋敷のどこにあるのか、ご存じなかったですよねえ。つまりわざわざ犯行予告状などをよこしたのは、ズバリ！　金塊の隠し場所を探るため」

薫が納得顔になる。

「当然、我々は金塊のあるあの和室を固めますからねえ。盗難阻止のために」

「ええ。そしてそれは結果として隠し場所を教えることになります。金塊眠りし場所の特定、それがあの予告状の意味なのではないかと」

「ってことは」寧々が考えながら言った。「今回の目的は隠し場所を知ること」

「ええ」右京がうなずいた。「盗み出すのは、また日を改めて別の方法で、ということは十分考えられますよ」

その日の深夜、仁実と甲良は使用人部屋のこたつで、燗酒をちびちびやっていた。

「お庭の警備とかせんでいいの？」

仁実が訊くと、甲良は庭に鈴なりに下がった提灯に目を向けた。どれも明かりが灯り、さながら祭りの会場の風情だった。

「できる限りのことはしたから」

「じゃあお庭からは入ってこられないか……」

しかし甲良は首を横に振った。

「その気になれば簡単に入ってくるよ。相手は地獄の軽業師だろ？」

「そうだね。じゃあ、お庭いじったの意味ないね」

「旦那さまの命令だから。奥さまは卒倒しそうになってたけど」

やがて深夜零時を回り、予告日となった。廊下を歩きながら、薫が右京に訊いた。

「どこから侵入してくるつもりなんですかね？」

「それがわかれば苦労しませんよ。そもそもこれだけ広大なお屋敷ですからねえ。地獄の軽業師でなくとも、侵入すること自体は困難ではないでしょう」

「あとは我々の対応次第と……。でも地獄の軽業師ってどんな奴なんですかね？　軽業師っていうからには、小柄……かと思いきや、プロレスラーばりの身軽な大男かもしれませんもんね」

「それに単独犯かどうかも定かではありません」

右京の指摘に、薫が同意する。

「ですよね。なのであらゆる事態に備えてこれ持ってきちゃいました」

薫が懐から特殊警棒を取り出した。


客間では暇を持て余した串田と野崎が、おもちゃのピストルで「地獄の軽業師」と書いた的を撃っていた。

大門寺はそのようすを漫然と眺め、寧々は一心になにかを考えていた。

応接間でひとりワイングラスを傾けていた虹子はいつのまにか眠りに落ちていた。ご主人さまに相手をしてもらえなくなったラムは庭に出て歩き回っていた。

そこへ能面のような仮面をつけ、黒マントを羽織った怪しい人物が現れたので、ラムは甲高い声で吠えたてた。

ラムの鳴き声を聞きつけた右京と薫、熟年三人組は一斉に庭の捜索をはじめた。

最初にラムを見つけたのは右京だった。ラムは骨付き肉を与えられて、夢中でむしゃぶりついているところだった。すぐ傍《かたわ》らに、何者かが庭に侵入する際に使ったと思《おぼ》しき鉤縄が落ちていた。右京が駆けつけた大門寺とともに鉤縄を検《あらた》めている背後を黒い影が横切ったことに、ふたりとも気がつかなかった。

庭の暗がりを縫うようにして屋敷に近づいたその人物は、七つ道具を取り出して、勝手口の錠を簡単に解き、屋敷に侵入した。

応接間で目を覚ました虹子はいつの間にか愛犬がいなくなっているのを知り、名前を呼びながら捜していた。そこへ仮面と黒マントの人物が入ってきたので、金切り声を上げた。

その悲鳴を聞いた一同が応接間に急行した。最初に駆けつけた右京に、虹子がしどろもどろになりながら説明する。

「今……今男の人が。ここ……こっちからあっちへ……あっちのほうに向かって……」

虹子が客間のほうを指差したとき、寧々の声が聞こえた。

「いた！　ここよ！」

屋敷の四方から特命係のふたりや探偵たち、家族に使用人までが一斉に駆けつけ、仮面の男を取り囲む。

「そこまでだ、地獄の軽業師！」

薫が前に出ると、仮面の男は高らかに笑った。

「総出でご苦労だね、諸君。だが残念！　約束どおり金塊はすでにいただいた！　この地獄の軽業師、嘘はつかなーい！」

「ここです！」右京が叫ぶ。「ここで慌てて金塊の無事を確認しようとすると、彼の思うつぼです！」

「いいから早く捕まえてくれ！」

茂斗の言葉で、薫が警棒を構える。

「おとなしくしろ！」

と、地獄の軽業師は急に指で狐の形を作り、「コンコンコン。コンコンコン」と鳴きまねをした。

狐につままれたような顔になりながらも、右京と薫は地獄の軽業師を取り押さえた。

右京が懐中電灯で仮面を照らす。

「住居侵入の現行犯です」

この期《ご》に及んでも地獄の軽業師は笑い声を上げた。

「ハハハハハ、本気でこの僕を捕まえられたと思っているのかね？」

「誰なんだよ、お前は！」

薫が仮面を剝ぎ取ると、見知らぬ男の顔が現れた。

「本気でこの顔が本物だと思っているのかね?」

男はそう言いながら、その顔を自分で剝ぎ取るまねをした。当然ながら、男の顔の下から他の顔が出てくることもなく、「本物でした」とおどけてみせる。

そんな男の茶番に、薫は「なんですか、これ?」と戸惑いを隠せなかった。

右京も同調した。

「なんですか、これ?」

通報を受けて、パトカーが駆けつけ、制服警察官が男に手錠をかけようとすると、それまで無抵抗だった男の顔から血の気が引いた。

「ちょい待って。モノホン呼んでどうするのよ……」

「俺らもモノホンだけどな」

薫が男の襟首《えりくび》をつかむと、右京が警察手帳を呈示した。

「えっ? またまたまたまた。じゃあ、このおじいさんたちはどうなるの? おそろいのバッジしてるけどさ」

「これは僕らの徽章《きしょう》だ!」大門寺が説明した。「さすがに『Boys Detective』じゃ気が引けるんで、『Old Detective』でODバッジ!」

男の顔に余裕が戻る。

「ほれ見ろ！　やっぱ余興じゃないか！」

「はあ？　余興？」薫が問い返す。

「そうさ、余興さ。僕だって頼まれてやってるんだから」

「頼まれたって誰に？」

「袴田茂昭さんだよ！　この家の当主だろ？」

「なんだって？」

茂斗が困惑顔になり、茂昭を呼びに行った。やってきた茂昭は男の顔を見るなり断言した。

「知らん。こんな男、見たことない」

男が悲痛な表情になった。

「いや、私です！　猪鹿蝶助《いのしかちょうすけ》です！　ほら、今夜の段取り、お話ししたじゃありませんか」

「失礼」右京が茂昭と男の間に入った。「おふたりは直接会って話をしたのですか？」

「いや、リモートで」

男の回答で右京は「なるほど」と納得した。

「とっとと連行してくれ。嘘八百並べ立てられて、不愉快この上ない！」

茂昭が憤然と出ていくと、猪鹿と名乗る男が泣きついた。

「ちょっと待ってください。不愉快なのはこっちだよ！　こんな目に遭わされて！　仕事二本、断って来たんだから！」

茂昭が応接間に入ると、虹子が待っていた。

「なんなの？　あの薄気味悪い男は」

「いいからもう部屋へ戻って休みなさい」

「金塊は無事なのね？」

「こんな茶番でいよいよあれが煩《わずら》わしくなった」

苦々しく語る茂昭に、虹子がピシャリと言った。

「そんな言い方したら罰が当たるわよ！」

門前では猪鹿がパトカーに乗せられたところだった。

「冤罪《えんざい》です。これ冤罪。ねえ、弁護士呼んでください」

「はいはいわかった」薫はなだめ、警察官に言った。「あとでうかがうんでよろしくね」

客間では〈熟年探偵団〉の三人が夜食に出されたおにぎりを食べていた。

「混沌《こんとん》としてきちゃったな。猪鹿蝶助って本名？」

串田の質問に、野崎が答える。

「芸名だろ。役者だって言ってたじゃん」

「その蝶助の言ってたのが嘘じゃなければ、余興を依頼したのが犯人ってことだろ？」

「依頼したのは袴田議員って言ってたよな」

大門寺が応じると、茂斗が否定した。

「そんな覚えはないって言ってたでしょう。なんのためにこんな余興を依頼するんですか、先生が」

「いずれにしても今回、僕の予想は大ハズレということになりましたねえ」

しみじみ語る右京を、寧々が励ます。

「気を落とさなくていいわよ。どんなに優秀な名探偵だって推理が百発百中なんてあり得ないもん」

「恐縮です」

そこへ薫が戻ってきた。

「右京さん。無事連行されました」

「お疲れさま」

「奴の言ってること、百パーセント信用できますかね？」

茂斗が口をはさんだ。

「少なくとも袴田茂昭が依頼したっていうのは嘘ですよ」

「でも直接しゃべったって言ってますよ。対面じゃないけど」

右京が推し量る。

「おそらく袴田議員に変装していたのでしょう」

「変装？」

「余興を依頼したのが犯人だとすれば、怪人二十面相ばりの変装の名人。袴田議員に化けて依頼した」

「探偵小説から離れて現実的に考察しましょうね」

薫に釘を刺され、右京が言い直す。

「それではＡＩ技術はどうでしょう？　それを駆使すれば、袴田議員に化けてリモートで会話することも可能だと思いませんか？」

「なるほど」

五

袴田茂昭は和室に入ると、地袋から手鉤を取り出し、畳に突き刺した。そして畳を剝がし、収納庫の扉を開ける。中には金色に輝く延べ棒が二十本入っていた。茂昭は両手を伸ばし、一番上の一本を持ち上げた。

しばらくして特命係のふたりと探偵たちが和室に招かれた。収納庫は開けたままになっており、右京を先頭に一同がそれぞれ、中の延べ棒を手に取った。

「多分金メッキの偽物《にせもの》だな。持ってみてすぐにわかった」

茂昭の言葉に、延べ棒など持ったことのない薫が反応した。

「偽物なんですか、これ」

串田が自説を述べた。

「地獄の軽業師、ひょっとしたら本物の怪盗かもしれないぞ。魔法のような方法で、金塊をすべて入れ替えたのかもしれない」

「あの猪鹿蝶助がか？」

野崎は半信半疑だったが、串田は自説にこだわった。

「あれだって余興を頼まれた売れない役者に化けてたのかもしれない。油断させるために間抜けを演じていただけ」

右京が全員に質問する。

「皆さん、この前確認したとき、なにか異変はありませんでしたか？　亀山くん」

「ああ……はい。いや、しょっちゅう金の延べ棒を見ているわけじゃないから、外見だけじゃ判断できませんしね……」

「触ってないし」

大門寺のひと言に全員がうなずいた。右京から目を向けられた茂斗も同意した。

「私も皆さんと同様です。ここの金塊、数えるほどしか見たことありませんから。触ったこともない」

「猪鹿蝶助が実は本物の怪盗だったという展開に未練はありますが、現実的に今夜、金塊をすり替えることなど不可能」

右京の言葉を寧々が継いだ。

「そう！　もうとっくにすり替えられてたの、きっと」

右京が茂昭に質問した。

「袴田先生、金塊が確実に本物だということが最後に確認できていたのはいつですか？」

「三年ぐらい前になるかな……」

茂昭の答えを聞いて、探偵たちがざわついた。


朝になり、捜査一課の三人が刑事部長室に呼ばれた。

「住居侵入ですよね？」

伊丹憲一が確認すると、中園が答えた。

「あの袴田茂昭の屋敷だ。現行犯逮捕だ」

「どうして僕らが首突っ込むんです？」

「あたしたち、強行犯係の出る幕じゃありませんよね？」

不服を申し立てる芹沢慶二と出雲麗音に説明したのは、同席していた大河内だった。

「逮捕したのが特命係なんです」

「我々、特命係のお守りじゃありません。縁もゆかりもない住居侵入ごときにのこのこと……」

伊丹の言葉は、内村の机を叩く音で遮られた。隣に座っていた中園もビクッとしたほどの激しい音だった。

「住居侵入ごときとはなんだ⁉」

「ああ、すみません！　言いすぎました。ただ申し上げたいのは……」

言いよどむ伊丹に代わって、麗音が発言した。

「無駄ですよ。時間も人材も。あのふたりはどんなことをしたって勝手に動きます。もうほっときましょう！」

「出雲、お前、なんちゅうことをスラスラと……」芹沢が弁解する。「ああ、すみません！　こいつ、朝っぱらから呼び出されて寝ぼけてます」

「目はパッチリ覚めてます！」

内村が立ち上がり、麗音の前に立った。

「出雲」

「……はい」

「絶対に諦めるな。諦めるということは自分への敗北だ」

中園が追従する。

「部長の今のお言葉を肝に銘じるように。いいな？」

首肯する三人に、大河内が付け加えた。

「もちろん、皆さんが首を突っ込むには案件として無理があります。なので今回は特命ということで」

「特命……？」伊丹が顔を歪める。

「特別な命令です。それでよろしいですね？」

意見を求められた内村は、うなずいて言った。

「お前たちは今回捜一の特命係だ。頑張れ」

特命係の小部屋では、薫がカップにコーヒーを注《つ》いでいた。

「最終確認が三年前か……」

右京が薫の言葉を拾う。

「つまり今日までの三年の間に、偽物とすり替えられていたということですねえ」

「すり替えるったって、総重量二百五十キロ、リフォーム工事並みのおおごとになりますよ。長期間留守にしてたみたいなことでもあれば可能かもしれませんけどね」

「いっぺんにではなく、こまめにひとつずつ」

「ああ、延べ棒一本ずつとか？」

「だとすれば、こっそり盗み出せます。ひと月もかからずに」

「なるほど」

「しかし犯人はなぜ本物を盗んだあとにわざわざ偽物を置いておくなんて手間をかけたか？」

　薫が右京の質問に答える。

「一気に盗んじゃうなら必要ないけど、ひとつずつとなると、偽物を置いておかなきゃ途中で気づかれちゃうから」

「そこから導き出される犯人像は、あのお屋敷に怪しまれることなく出入りでき、かつ袴田茂昭が滅多に金塊を見ないことを知らなかった人物」

　右京が論理的に語ったとき、スマホが振動した。

　大門寺寧々が訪ねてきたのだった。

　しばらくして、薫が寧々を特命係の小部屋に連れてきた。

「先生、ご到着です」

「ようこそ特命係へ」

「お邪魔します」と言いながら、寧々は物珍しそうに室内を見回した。

右京は寧々に椅子《いす》を勧め、その正面に座った。

「さっそくですが、結城宏が金塊を盗んだ犯人ではないかというのは、どういうことでしょう？」

薫は寧々のためにコーヒーを注ぎながら訊いた。

「面会したとき、金塊なんて知らないって言ってたんじゃないの？」

「だからです。知らないはずないのにとぼけるのが怪しい。詳しく調べられたらすぐバレちゃうとわかってても、とぼけちゃうのが犯人の心理だと思いません？」

「なるほど」右京が先を促す。

「あんな金塊、一気に盗み出すなんて不可能ですから、たぶんチマチマくすねてたんだと……」

薫がコーヒーを寧々の前のテーブルに置いた。

「俺らも今、そんなような話してたとこ」

「お屋敷の出入りはほとんど自由でしょうし、家族の方の目を盗むのだってわけない」

「わざわざ偽物とすり替えておいた理由はなんだと思います？」

右京の質問に、薫が言い添える。

「仕えてる議員の習慣なんて熟知してるはずだから、金塊をめったに見ないってことも知ってたんじゃない？　となると偽物を置く理由が説明できない」

「そうなの！」寧々が声を上げた。「そこが弱点。なんかひっくり返せるくらいのアイデアないかな？」

「相変わらず着眼点は面白いと思いますよ」

右京に励まされ、寧々が苦し紛《まぎ》れに言った。

「ひょっとすると、偽物を置いたのは別の意味があるとか？　カムフラージュじゃなくて別の。思いも寄らないような！」

「なるほど」右京が思案しながらうなずいた。

その頃、袴田茂昭は庭で茂斗から報告を受けていた。そのそばでは甲良が提灯を片付けていた。

「嘱託職員？」

「ええ。詳しい経歴等はこちらに。嘱託職員がずいぶん大きな顔をしていましたが。こんなこと調べてどうしようと？」

「どうもしやしない」茂昭が薫の経歴書に目を落とす。「去年、杉下右京が連れていた男と違ったから、ちょっと気になっただけだ」

するると、縁側に立っていた虹子が堪忍袋の緒が切れたように言った。

「そんなことより、盗まれていた金塊、どうなさるおつもりなんですか？　怪盗だの地獄の軽業師だの、そんなものに振り回されて、大切な庭をめちゃくちゃにして……。ふたを開けてみたらいつの間にか盗まれていましたなんて、間抜けにもほどがある！　あの役立たずの探偵団、とっととクビになさい！」

「これから犯人を捜すところですから……」

言い訳しようとする茂斗を、茂昭が遮った。

「いい！　母さんの言うとおりにしなさい。どうするかはこれから考える」

そこへ家政婦の仁実があたふたと現れた。

「旦那様、結城さんの奥さまがお見えです」

玄関先で結城有子《ゆうこ》に応対したのは、虹子と茂斗だった。

「用件は息子が聞きます」

虹子が険しい声で言い渡すと、有子は「先生に直接のほうが……」と言いかけた。

「先生はお忙しいので」茂斗が有子を促す。「ではこちらへ」

玄関の外では〈熟年探偵団〉の三人が聞き耳を立てていた。

「失礼〜」

肩を揺らしながら特命係の小部屋に入ってきた伊丹は、芹沢と麗音を引き連れていた。

「感心感心。報告に来たか。調書見せろ」

薫が掌を上にして差し出すと、伊丹が「なんだとこの野郎！」と凄《すご》んだ。

「あら、聞こえなかったのかな？　チョーショを見せろ」

「ああ、絶対嫌だ！」

他愛のない口論をする同期の先輩ふたりを放って、芹沢は麗音と一緒に右京のもとへ行った。

「杉下警部、袴田邸で金塊が盗まれたんですって？　隠し財産とは悪徳政治家を絵に描いたようですね」

「猪鹿蝶助に聞いたんですね」

麗音が説明する。

「ちなみに本名は出口義隆《でぐちよしたか》。あだ名はヨッシー。フリーの俳優です。昔サーカス団にいたとか。アクション俳優を夢見てたらしいんですけど……」

「出雲！」伊丹が怒鳴りつける。「てめえ、ベラベラしゃべってんじゃねえ」

「はい！　すみません」

そのとき伊丹は、部屋の隅にいた寧々に気づいた。

「っていうか、おたく誰？」寧々が返事をしないので、薫に訊く。「誰？」

「先生だよ」

「先生？」

伊丹が首をかしげたとき、寧々のスマホに着信があった。

「はい、あたし……うん。うん……えっ⁉　ゆすり？」

通話していた寧々の口から不穏な単語が飛び出し、一同が一斉に注目した。

鑑識課では、益子桑栄がサイバーセキュリティ対策本部の特別捜査官、土師太《はじふとし》と一緒に、猪鹿蝶助こと出口義隆宅から押収してきたノートパソコンの録画映像を見ていた。画面に猪鹿と袴田茂昭の顔が分割で映っており、リモートで打ち合わせをしたときの映像であることがわかった。

――いわば余興……お遊びだ。どうです？　引き受けていただけませんか？

茂昭が頼み込むと、猪鹿は腕組みをして答えを保留した。

――うーん……まあ、条件しだいですかねえ。

益子が動画を止めた。

「こんな具合」

土師が見解を述べる。

「一見、フェイクには見えませんけどね」

「一見してフェイクってわかるなら、解析なんか頼まねえよ」

「そりゃそうだ」

仁実に伴われ袴田邸の通用口から表に出た結城有子の目の前に警察手帳が突きつけられた。

「お話、済みました？」

強面《こわもて》で迫る伊丹を、薫が「おい！」と押しのける。

「結城さんですよね？　ちょっとお話、よろしいですか？」

「はい」有子は訝《いぶか》しげにうなずいた。

麗音が仁実に会釈する。

「警視庁の者ですが……」

「間に合ってます」

急いで通用口のドアを閉めようとする仁実を芹沢が遮った。

「いやいや。盗まれた金塊についてお話が」

「お邪魔しますよ」伊丹がドアの隙間から体をこじ入れる。

「お邪魔します」

芹沢と麗音が続いた。

「ちょっと、待ってください」

捜査一課の特命係三人とそれを追って仁実が邸内に入ったのを見て、右京は有子を近くの公園に誘った。薫と寧々もあとに続く。

公園に着くなり、有子は疑惑を否定した。

「ゆすってなんかいません！　無心です。金銭的な援助を」

「援助？」薫が訊き返す。

「夫が捕まって、収入が途絶えてますし、この先、一家には生活の不安がつきまとう。助けていただいたっていいでしょう？　袴田先生は夫にそれぐらいの恩があるはずです」

右京が結城夫妻の思考を追った。

「そこで袴田邸に眠りし金塊、言い換えれば隠し財産に目をつけた。世間にその存在を暴露されたくなければ、金銭的援助をしろと……。そういうことでしょうかねえ」

「それがしたくて、知らないなんてとぼけたのか」

結城宏の言葉の意味を知りつぶやいた寧々に、右京が言った。

「おそらくあなたの面会がきっかけとなったのでしょう。そういえば、袴田家には金塊が隠してあったと思い出したご主人、結城宏は、せめてそれを使って一矢《いっし》報いようと」

薫が右京の言葉の先を読む。

「こうして奥さんを使者に出したってわけですか」

「盗まれたというのは本当なんですか？」

　有子の質問に、薫が答える。

「ええ。本当ですよ」

　悄然《しょうぜん》とため息をつく有子に、右京が尋ねた。

「金塊の素性はご主人から聞いてますか？」

「企業から受け取った賄賂《わいろ》だって言ってました。口利きで。ただ、夫も前任者から聞いた話のようなので、詳細は……」

「収賄か……」と薫。

「二十年以上前のことなのでとっくに時効だと……。だから夫の中でも印象が薄れてたんでしょう。それが、袴田家に眠る金塊なんて大げさな言葉を聞いて、時効を迎えていようが、賄賂を隠し持ってるってダーティーイメージが広がるだけでも、議員としてはこたえるんじゃないかって……」

　有子の口調には袴田茂昭への恨みがこもっていた。

　捜査一課の三人は書斎で茂昭と向き合っていた。

「盗難の被害届を出されるのであれば、さっそく受理いたしますよ」

「なんなら、ゆすりたかりの被害も……」

芹沢と麗音が申し出たが、茂昭は涼しい顔で言った。

「盗まれてしまったならばそれで結構。むしろ清々しているくらいだ。被害届を出すつもりはない。捜査も無用。ゆすりたかりの事実もない。帰りたまえ」

「先生のご意向は承りました。ですが窃盗は親告罪ではありませんので、捜査するかしないかはこちら次第。失礼」

伊丹はそう告げると、芹沢と麗音を引き連れて部屋を出た。

応接間では虹子が〈熟年探偵団〉の三人に引導を渡していた。

「もうあなたたちには用はないわ。帰ってちょうだい」

「いや、これからいよいよ我々の……」

大門寺が反論しようとすると、虹子が癇癪玉《かんしゃくだま》を破裂させた。

「うるさーい!! 出ていけ!」

三人は逃げるように去っていった。

茂斗を書斎に呼び、ウイスキーのグラスを手に茂昭が述懐した。

「俺は政治家として義父《ちち》が理想だった。清廉で高邁《こうまい》な信念を失わずにいた義父、犀朗が。

だが知ってのとおり、義父は政界でまるで出世できずに終わった。俺に求められたのは、義祖父《そふ》のように政界で出世して、政治家一族、袴田家の威信を復活させることだった」

ウイスキーをあおる茂昭に、茂斗が駆け寄る。

「見事、復活させたじゃありませんか」

茂昭が自嘲する。

「理想を捨て去ることと引き換えにな」

「あの金塊は先生の出世のスタートだった……。前にお母さまから聞きました」

と、茂昭は話題を変えた。

「そうだ……なにを思ったのかこの春先、お前がこしらえさせた袴田家二代のブロンズ像、ありゃなかなかいい出来だな。俺のも楽しみにしてるぞ」

ウイスキーを注いだグラスを、茂昭が茂斗に渡した。

六

捜査一課のフロアで、右京と薫は三人から報告を聞いていた。

「ああ？　清々してるって？」

薫が訊き返すと、麗音が言った。

「もちろん被害届も出さないし、捜査も無用ですって！」

「捜査するなって言われりゃね、余計してやりますよ。ねっ、先輩」

芹沢に振られ、伊丹が意地悪そうな笑みを浮かべた。右京が茂昭の心の内を読み解こうとする。

「奥様がかけがえのないものとおっしゃっていた金塊を、袴田議員は盗まれて清々しましたか。金塊が袴田議員にとっては負担だったのかもしれませんね」

「金塊が負担？」伊丹が困惑する。

「ええ。その存在がです」

「精神的な負担になってたってことですか？」

薫が確認すると、右京はうなずいた。

「ええ。先生の言っていたように、犯人が金塊をすり替えたのには、カムフラージュとはまた別の意味があったのかもしれませんねえ」

そこへ土師太がパソコンを抱えて現れた。

「よう、土師っち！」薫が招き寄せる。

「猪鹿蝶助こと出口義隆宅で押収したパソコンに残っていた映像の解析結果ですが……袴田議員の映像データと音声データを使って、ＡＩが生成したものでした」

「やっぱりフェイク」と麗音。

「余興と偽って猪鹿蝶助に仕事を依頼したそいつが当然、金塊窃盗に関わってますよね？」

芹沢が指摘すると、伊丹は訊くまでもないという顔をする。

「そりゃ無関係なわけねえだろう」

「しかし、なんでまた地獄の軽業師だの犯行予告状だの子供じみたことを……」

疑問を呈する芹沢に、麗音が応じる。

「探偵小説の世界を模倣してるんですかね？」

「マニアか」伊丹がつぶやく。「その線も重要な手掛かりではあるな」

「マニアといえば」右京が薫に語る。「袴田家の庭師さん、相当な探偵小説マニアのようですよ。たまたまお部屋を拝見したのですがね、おびただしい蔵書。目を見張りました」

「はあ……」薫は今ひとつピンとこないようだった。

パソコンを携えて立ち去ろうとする土師を、右京が廊下に出て呼び止めた。

「土師くん。ひとつだけ。例の何者かに消去されてしまった袴田議員の音声データの件は、相変わらず進展なしですか？」

「進展はありましたよ」

「ほう……それはぜひ」

「言うと思いますか？　よりにもよってあなたに」

「なるほど。しかしまあ進展があったという情報だけでもありがたい。いえ、これは決して負け惜しみではありませんよ。そうですか、進展が……」

つぶやきながら戻ろうとする右京に、土師が告げる。

「……内調の仕業でした。九分九厘間違いなく」

右京が振り返る。

「よりにもよって僕にそんな情報、よろしいんですか」

「内調とわかった途端、上層部《うえ》からの指示で調査打ち切りになりました。すごい進展でしょ。よりにもよってあなたにこんなこと話せるわけないでしょう」

「ええ、おっしゃるとおり」

右京は深くうなずいた。

右京は内閣情報調査室に赴《おもむ》き、社美彌子に疑念をぶつけた。美彌子から返ってきたのは、「あり得ない」のひと言だった。

「僕もあり得ないと思いました」

美彌子が冷たく言い放つ。

「うちが袴田茂昭を助ける義理はないわ」

「ええ。むしろ政界でその力を誇示する袴田議員を疎ましく思い、蜥蜴《とかげ》の尻尾切りよろしく彼を潰そうとなさっていましたからね、あなたは」

美彌子が苦笑する。

「人聞きの悪いこと言わないで」

「しかし視点を変えると、内調の仕業というのも得心がいくんですよ。ご説明しましょうか?」

「聞くわ、後学のために」

興味なさそうにふるまいながらも知りたがっている美彌子の気持ちを察し、右京はもったいぶって説明した。

「キーワードは『頼まれもしないのに』。僕にとってはいささか耳の痛いフレーズですが、まさしく今回、音声データ消去がこれなんです。頼まれもしないのに消去した。言うまでもなく恩に着せるためです。なぜそんなまねをしたか。袴田議員を支配下に置くためですよ。彼の政界での影響力は、敵に回せば煩わしいことこの上ありませんが、コントロール下に置けば強力な武器となり得る」

右京の推理は図星だったが、美彌子は顔色ひとつ変えることはなかった。

「相変わらずの執念には恐れ入るわ」

「この件に関してはもう警視庁とは手打ちが済んでいるようなので、僕ごときが騒ぎ立てたところでどうにもならないでしょうが……」

美彌子は答えず、不敵な笑みを浮かべるだけだった。

右京が特命係の小部屋に帰ってくると、薫が待ちかねたように迎え入れた。

「ああ！　今度はどこで迷子になってたんですか？　お待ちかねですよ」

「これは……」

待っていたのは警察庁長官官房付の甲斐《かい》峯秋《みねあき》だった。

「君の傍若無人ぶりにはほとほとあきれ果てたが、聞けば興味をそそる話だ。そこで不本意ながらね、取り急ぎ調べてみたよ」

「恐縮です。助かります」右京が頭を下げる。

「結果報告は亀山くんに一応もうした」

「二十年以上前ってことなら、間違いなくこれじゃないかって」

薫がファイルを右京に渡す。「列島改造近未来再開発プロジェクト」というタイトルの政府の特別委員会の議事録だった。ファイルをめくる右京に、峯秋が説明する。

「二十二年前の政府肝煎《きもい》りの巨大プロジェクトだよ」峯秋がファイルのあるページを開いた。「ここに袴田の名前があるだろう。ただしこの頃はまだ取り立てて目立つ存在じゃなかった」

先に説明を聞いていた薫が補足した。

「ところがこのプロジェクト以降、徐々に政界で袴田議員の存在感が増しはじめたんですって」

「なるほど」右京は理解が早かった。「金塊の素性が口利きによる収賄だったようですから、贈賄側はこの企業群の中の……これらのチェックは甲斐さんが？」

五つの企業が○で囲まれていた。

「うん。この印をつけた企業から金を受け取ったんだと思う。まあひょっとすると、あと何社かあったかもしれないがね。いやこの五社はね、当時は新進気鋭の企業だった。それがこのプロジェクトへの参画を契機に急成長したんだ」

「これらの企業の後押しを受けて、袴田議員はその存在感を増していったというわけですね」

「うん」峯秋が腕組みしてうなずく。「財界での存在感が増せば増すほど、与党としてはその意向を無視できなくなるからね。共に成長していったというわけさ」

峯秋が去った後、薫はパソコンで調べ物をした。

「今は時価総額二十億の金塊も、二十二年前だと二億五千万ほどですね。企業五社からの賄賂としてはうなずける額ですよね」

「ええ」

「しかしよく金の延べ棒に換えましたよね。資産運用としては大成功。二億五千万が二十億。札束寝かしてもこうはいきませんもんね」

「たしかに」

「それがなくなって清々してる、か。なんでですかね？」

「ここはひとつ、先生にお願いしてみましょうか」

「ああ、寧々ちゃん、そりゃ名案」

右京の提案を軽く受け流し、薫は再びパソコンに向かい、とある記事を見つけた。

「面白いの発見しましたよ。袴田議員が経済誌に投稿した記事。『政府の発行する通貨に資産価値などない』ですって。言うことが振るってますね」反応がないので振り返ると、右京の姿はどこにもなかった。「右京さん？」

と、そこへ角田がふらっと入ってきた。

「おう、亀ちゃん、読んだぞ。ワイフ、また物議醸しそうなのアップしたな」

「え？」

右京が〈熟年探偵団〉の事務所を訪れたとき、寧々はゲームに熱中していた。

「これからってときに、俺たちがお屋敷追い出されちゃって、先生おへそ曲げちゃってるから、無理かもよ」串田は右京にそう前置きして、寧々に声をかける。「まだまだ修行が足りないな。ま、若いからねえ」

寧々は振り返ることもなく、「ああ⁉」と声を上げただけだった。寧々の祖父の大門寺が恐縮がる。

「せっかくお越しいただいたのに、こんな調子なんで……」

「致し方ありませんね。それでは」

立ち去ろうとする右京を、大門寺が引き止めた。

「手ぶらでお帰しするわけにはいかないんで、僕らからとっておきの情報。袴田議員の理想は義理のお父さんだった。清廉潔白な政治家に憧れていたらしい」

「そんな情報どこから？」

右京が訊くと、串田が「決して立ち聞きしたんじゃないよ」と答えた。

野崎が串田を注意する。

「なんでいつも語るに落ちちゃうかな……」

立ち聞きの成果を大門寺が続けた。

「だけど状況がそれを許さず、政界での出世に邁進した。清く正しく美しくを捨て去ってね。金塊はその出世のスタートだったらしい」

「なるほど……」右京がその情報を噛みしめる。「大変参考になりました。どうもありがとう」

右京が去ろうとすると、寧々がゲームを中断して手をあげた。

「あとひとつだけ。応接間に袴田家二代の肖像画とブロンズ像が飾ってあるんだけど、ブロンズ像は息子が春先にこしらえさせたんだって。だよね？」

寧々が確認すると、熟年三人組が「はい」と答えた。

「僕もちらっと見かけましたが、あの小さなブロンズ像、茂斗さんが。そうでしたか」

寧々は興味を失ったかのように、ゲームに戻った。


亀山家のリビングでは、パソコンを前に美和子が薫に説明していた。画面には美和子の署名記事が表示されている。タイトルは「『トカゲの尻尾』の告発　秘書を犠牲に自分は助かる伝統的議員しぐさ」とあった。

「記事出しは保留にしてくれって言われたんだけど、今日オッケーが出たからさ」

「ふーん……」

「ほら見てごらん。結構反響があるよ」

美和子が得意げにコメントをスクロールした。

「そっか」薫が理解した。「寧々ちゃんが結城に面会できたのは、美和子のおかげだったか」

「えっ？　薫ちゃん、先生を知ってるの？」

「ああ、知ってるよ。右京さんだって一目置くぐらいの名探偵だからね」

袴田茂昭は書斎で美和子の記事を読んでいた。そこへノックの音がして、茂斗が入ってきた。茂昭が茂斗に記事を見せる。

「もうご覧になってましたか」

「援助を断った報復だな。結城らしい」

疲れた表情の茂昭を、茂斗が励ました。

「マイナーなネット記事です。気になさること、ありません」

翌朝、伊丹たち捜査一課の面々が袴田家の門前に車で乗りつけた。

伊丹が呼び鈴を押す。

「たびたび警視庁の伊丹です。窃盗の捜査でご協力いただけますか。無用と言われても、警視庁は捜査しますよ」

反応がなかったので、芹沢が代わった。

「我々、本気ですよ。無視したって駄目ですよ」

と、いきなり門が開き、仁実が頭を下げた。

「もしいらっしゃったら好きにさせろと、旦那さまより言づかっています。失礼のないようにお迎えしろと。どうぞ」

伊丹を先頭に芹沢と麗音、鑑識課の車両を含む数台の車が敷地に入り、しんがりに右京と薫が続いた。

「行くぞ」

「じゃあ俺たちは庭師のほうに」

芹沢が伊丹に告げ、麗音とともに走っていく。

「お疲れさまです〜」

薫に背後から耳打ちされ、伊丹が仰天した。

「コラ！　亀！　しれっと言ってんじゃねえよ、コラ」

「常に背後にも気を配れ、馬鹿！」

いつものように口論するふたりを、右京がたしなめた。

「もうよろしいんじゃありませんか」

「怒られてやんの……」

薫が笑うと、伊丹が言い返した。

「おめえだよ！」

右京と薫と伊丹の三人は甲良の部屋に入った。部屋中ぎっしりミステリー小説が並べられている光景に、伊丹が驚いた。

「ほう……なるほど。こいつはすげえな」

「ここを発見できたのも右京さんの迷子作戦のたまものですね」

茶化す相棒に、右京が一冊の本を示した。

「それはそうとこの古書、相当の値打ちものですよ。この一角のはみんな値の張る古本です。あっ、これまた懐かしい……」右京が棚から『怪人二十面相』のジュブナイル版を抜き取った。「これも古いものですが、値段はさほどではないかもしれませんねえ」

伊丹が背後からのぞき込む。

「子供向けの江戸川乱歩」

鼻を鳴らす伊丹に、薫が毒づいた。

「向こう見てろよ、お前は！」

右京がその本をめくり、なにかを発見した。

「亀山くん」

薫も右京が示す個所に目をやった。

「……あれ？」

益子たち鑑識課の捜査員たちは茂斗立会いのもとで、和室を捜査していた。

畳の下の収納庫が開けられ、黄金色に輝く延べ棒が現れたときには、偽物とわかっていても声が上がった。

益子が茂斗に申し出た。

「窃盗犯特定に繫《つな》がるかもしれない重要なブツなんで、いくつかお借りします。あ、預かり証……いいか。偽物だから」

薫は応接間に移動し、雀犀と犀朗の肖像画を見ていた。

「こっちが初代で、こっちが二代目。で袴田茂昭が三代目。俗に言う三世議員。この二代目が清廉な人物で袴田茂昭が理想としていた？」

右京がラムを抱いて答える。

「そのようですねえ。しかし政界ではまったく目立たぬ存在のまま終わってしまった……」

「初代は相当な豪腕だったんでしょ。二代目にはそれが反面教師になったんですかね？」

「いずれにしても、袴田議員は理想に反して、初代の政治手法を見習うことを求められた」

「そしてそのとおり出世した。さて四代目はどっちを目指すんですかねえ？」

右京はラムを薫に預け、ブロンズ像に近づいた。二体のブロンズ像に触れて軽く動かした右京の眼鏡の奥の瞳が光る。

「四代目も袴田議員同様、二代目が理想だったのかもしれませんねえ」

「えっ？」ラムをあやしていた薫が振り向く。

「犯人が偽物の延べ棒とすり替えた真の意味が今わかりました」

七

甲良の部屋に入った茂斗は、『怪人二十面相』のジュブナイル版が見当たらないことに気づき、ショックを受けていた。そこへ仁実が駆け込んできた。

「坊ちゃま！　坊ちゃま、大変です！　盗まれました、ブロンズ像が！」

「えっ⁉」

茂斗は戸惑うばかりだった。


ブロンズ像は盗まれたのではなく、右京が応接間から持ち出し、書斎にいた茂昭に見せていたのだった。

大きな執務机に置かれた二体の像を手に取って感触を確かめる茂昭に、右京が言った。

「いかがです？　こちらは文字どおりのブロンズ像」右京が雀犀の像を示したあと、犀朗の像を指差した。「そしてこちらは銅メッキのブロンズ像。メッキの下の素材はなんだと思われますか？」

「このサイズでこの重み……おそらく純金だろう」

「窃盗犯がなぜ偽物の延べ棒とすり替えたのか、その意味がやっとわかりました」

　薫が偽物の延べ棒を取り出し、雀犀のブロンズ像の横に置いた。

「窃盗発覚を恐れたカムフラージュ……なんかじゃなかった」

「ええ。暗示のためですよ。いくら外見が光り輝いていようが、中身の伴わないものには価値はない。そういう暗示だったんです」

　右京の推理を、薫が引き継いだ。

「そしてブロンズ像にも同じ手法の暗示が施されていた。初代はただのブロンズ像。けれど二代目は外見はブロンズでも中身は黄金。二代目の清廉さにこそ価値がある、という暗示」

「犯人もあなた同様、二代目を評価しているんです。ここまで言えば、もう今回の犯人はおわかりですね？」

　右京に指摘されても口をつぐんだままの茂昭の前に、薫が『怪人二十面相』のジュブナイル版を取り出して見せた。裏表紙をめくると、「はかまだしげと」という拙い署名が記されていた。

「庭師さんの部屋の本棚で見つけました。茂斗さんが子供の頃に読んだ本でしょう。全集のうちのこれ一冊だけでしたが、それはさておき……」

右京の前振りを、薫が受ける。

「今回なんで、怪盗だの、予告状だのって探偵小説じみた仕掛けをしたのか、その解明がずっと懸案事項だったんですけどね、この本でそれがわかりました」

「あの蔵書、茂斗さんのものではありませんかね？　いえ、庭師さんと共有のものと言うべきかもしれませんが、購入しているのは茂斗さんではないかと」

「こちらの庭師さん、高給取りなのかもしれませんが、それでもとても賄いきれないような高額な古書がそろっているんですって」

「茂斗さん、実は探偵小説マニアなのではありませんかねえ」

右京と薫から交互に言い立てられ、茂昭は黙したまま椅子から立ち上がり、書斎の中を歩きはじめた。次は薫の番だった。

「小耳に挟んだんですけどね、茂斗さん、子供の頃に探偵小説を読むのを禁じられてたとか」

「禁じられるほど思いは募ります。長じてマニアになってしまうのも自然な流れですよ。だからといって今回、遊び半分で探偵小説的趣向を施したのではありません。必要に迫られてそうしたんです」

「必要に迫られて？」

ようやく声を発した茂昭に、右京が茂斗の意図を伝える。

「あなたが滅多に金塊をご覧にならないことを知っているからです。盗んでも当分気づかれない。気づかれないということは、せっかくの暗示も伝わらないということ」

「なにもないのにあなた以外の人間が金塊を確認するのもおかしいですしね。なのであえて犯行予告騒ぎを起こしたんです。金塊がすり替えられていることを発覚させるために」

右京が犀朗のブロンズ像を持ち上げた。

「おそらく盗んだ延べ棒の一部を溶かして、この銅メッキの黄金像をつくったのだと思いますが、その制作先などを調べれば、すべてが明らかになるでしょう」

「余興だよ」茂昭が取り繕うように言った。

「はい？」

「茂斗の仕業というのならば、家族の間のお座興にすぎん」

「たしかに同居家族の窃盗行為は刑を免除することが決まってますから、我々警察も事件として扱うことはありませんけどね」

そう述べた薫に、茂昭が向き合った。

「君は嘱託職員らしいね。いや、僕も小耳に挟んだだけだが」薫がムッとした顔になるのを見て、茂昭はターゲットを右京に変えた。「そういうことだ。お前の出る幕はない。ご苦労さんだったたねえ。おとなしくもう帰れ」

右京が左手の人差し指を立てた。

「実はもうひとつはっきりさせたいことが。そもそもあなたは今の自分に嫌気が差していらっしゃるのではありませんか？」

「だから、盗まれて清々したなんて言葉が出る」

「もともと清廉が理想のあなたでしたからねえ。不本意ながらも踏み込んだ汚職によって、政界で出世していくことに忸怩《じくじ》たるものを感じていた。違いますか？　思いとは裏腹に、みるみる出世した」

薫が机から偽物の延べ棒を持ち上げる。

「金塊の時価総額が上がるようにね」

右京が茂昭の心中の思いを深くえぐる。

「金塊はあなたにとって出世のシンボル。年ごとに膨れ上がってゆく時価総額は、汚らしく出世した自分の姿とオーバーラップしたのでしょう。おぞましかった。金塊を見るのが嫌になった」

茂昭が声を押し殺して、右京の耳元でささやく。

「人の心に土足で踏み込むような、はしたないまねはよすんだな」

「やはり図星でしたか」

右京がにこりともせずに言うと、薫が続く。

「見るのも嫌なら処分しちゃえばいい。換金して匿名でどっかに寄付しちゃうとか。でもそれはあの奥さんが許さない」

「奥さまにとって、あなたの出世のきっかけとなった金塊はいわばお守り。かけがえのないものでした」

「先生のお立場では、それに逆らってまで処分できなかった。でしょ？」

「引退しよう。それでどうだ？」

茂昭が突然話を打ち切ろうとした。

「はい？」

「お前の真の目的はこの俺の首だろ？　つきまとわれるのはもううんざりだ。これを機会に俺は政界を引退する。だからお前も二度と俺の前に顔を見せるな」

そのとき、ドアの外で会話を聞いていた茂斗が飛び込んできた。

「先生！　早まらないでください！」

「黙れ。なにも言うな。こいつらの前でしゃべるな！」茂昭は茂斗を制し、右京の目を見た。「俺を引退に追い込めば、それで御の字だろう」

右京がさらに茂昭の心に迫る。

「あなたがそうして引退まで考えるほど絶望なさった理由のひとつが、音声データの消去だったのではありませんか？　図らずも内調に助けられてしまった惨めな自分に我慢ならなかった……」

右京の言葉で、そのときの美彌子との電話での会話が、茂昭の脳裏によみがえった。

——ええ、消去いたしました。これで唯一ともいえる証拠はなくなり、検察は先生を起訴できないでしょう。もとより警察も先生の逮捕を断念すると思います。

「そんなこと、誰が頼んだ？」

茂昭が責めると、美彌子は含み笑いをしながらこう言った。

——お気に召さなければ、即刻元に戻します。

「なにが望みだ？」

——取り立てて望みなど。ただ慎ましく振る舞っていただければ。今後、友好関係が築けると思います。

真意を問われた美彌子はそう言って、茂昭を支配下に置こうとしたのだった。

回想を終えても、右京の推理は続いていた。

「……議員を続ける限り、内調のコントロールを受けることにも」

「したり顔の推理などいらん！」

怒りをあらわにした茂昭に、右京が最後通牒《つうちょう》を突きつける。

「引退なさりたいのであれば、どうぞご自由に。僕の目的はあなたに犯した罪を償っていただくことですから。滅多に言いませんが、今日は特別に……首を洗って待っていろ！」

右京は茂昭の目をじっと見つめ、語気を強めて言った。そしてそのまま書斎から出ていった。あとを追おうとした薫は、ふと立ち止まって、最後に茂斗に向けて言った。

「汚れなきゃ出世できないのが政界の現実かもしれないけど、理想で現実に立ち向かってくれ！　お父さんの果たせなかった夢を君が引き継げばいい」

特命係のふたりが去った後、茂昭はペーパーナイフで犀朗のブロンズ像の表面を削った。メッキがはがれ、金色に輝く本体が現れた。

「私が浅はかでした」茂斗が悔いた。「盗まれたことに気づいてもらうために、つまらない仕掛けを……」

「お前にしてはなかなか気の利いた暗示だな」

苦笑する茂昭に、茂斗が懸命に言い募った。

「先生がおじいちゃまを理想としてたなんて夢にも思いませんでした。金の延べ棒と引き換えにその理想を捨てたなんて……。袴田家に金塊が出現したのは、僕が五つのときでしたから。でも暗示はあくまで探偵小説的ギミックにすぎません。盗み出した本当の目的は……先生を苦しみから解放して差し上げることでした。金塊の存在が先生にとって重荷になってたことは、薄々ながら感じてきました。苦しみを垣間見るにつけ、そんな先生をなんとかして差し上げたいと傲慢《ごうまん》にも……。盗難に遭ってしまえば、肩の荷も下りるだろうって……」

茂昭は犀朗のブロンズ像を机に戻して薄く笑った。

「ああ、下りた」

「先生！　申し訳ないことをしました」

「先生はよせ。親子だ」

「お父さま、ごめんなさい。僕を許して……」

泣き崩れる茂斗の肩を、茂昭がそっと抱いた。

翌日、特命係の小部屋には薫と角田の姿があった。そこへ大河内が怖い顔をして入ってきた。

「亀山薫！」

「あっ……はい。な、なんすか？」

「貴様を正式に警察官として再雇用することが内定した」

「はっ？」

「追って辞令が出る。そのつもりでいろ」

手短に用件だけ述べて帰っていく首席監察官を薫は呼び止めようとした。

「ちょっと、大河内さん?」

特命係のコーヒーサーバーからのんびりコーヒーをいただいていた角田が目を丸くした。

「どうした? 急に」

その頃、右京はオープンカフェに向かっていた。約束の時間に指定された席に行ったが、そこには誰もおらず、ポツンと一個のUSBメモリーが置かれていた。

訳がわからないまま薫は副総監室に行き、衣笠に再雇用の理由を聞こうとした。しかし衣笠は、「決定の詳細をお前に説明する必要はない」と突っぱねた。

「いやいや、だって急に……俺、再雇用の条件からもギリ外れてますし……気持ち悪いじゃないですか」

「だったら拒否するか? それならそれで構わん。が、そのときはお前の嘱託契約も終了する」

「え、終了って」

「再び警視庁を去れ」

「そんな殺生な……」

「なんでそんなしょぼくれるんだ。念願の再雇用だぞ！　小躍りして喜ぶぐらいせんか！」

「いや、でも……」

怒鳴られても粘る薫に、衣笠が折れた。

「だったら教えてやる！　袴田議員の要請だ！　いったいお前、なにした⁉」

「えっ？」

薫はますます戸惑うばかりだった。

特命係の小部屋に戻った右京は薫から報告を受け、袴田茂昭に電話をかけて、真意を探った。

――神奈川県警の再雇用条件が退職後十五年以内。対して警視庁は頑なに十年以内としているのは、時代の要請に逆らっているんじゃないか？　まずは特例として、亀山薫くんを再雇用したらどうかと申し上げた。僕にもそれぐらいの力はあるんだよ。

「恩を着せようとなさっているのでしょうか？」

――見くびるな！　強いて言うなら……鼬《いたち》の最後っ屁かな。

「はい？」

――亀山薫くんにせいぜい頑張りたまえと伝えてくれ。

電話を切った茂昭の耳の奥では、薫があのとき息子にかけた言葉が今も響いていたのだった。

――お父さんの果たせなかった夢を君が引き継げばいい。

右京から電話の内容を聞いた薫が、青い顔になった。

「やっぱり恩に着せて逃れようって腹ですか?」

「どうもそうではないようですねえ。いずれにしても僕は粛々と袴田議員を追い詰めます。消去された音声データも取り戻しましたし」

そのときも角田が来ていた。

「取り戻したってどうやって?」

「消去したといっても、内調には万一の切り札として保存されていると思い、案の定でしたので取り戻しました」

「あっ」薫がひらめいた。「土師っち……土師太にハッキングを?」

「そんな危険なまねさせられませんし、第一彼もしませんよ。もっと原始的な方法です」

「原始的って?」薫が前のめりになる。

「君は知りませんが、内調に青木《あおき》年男《としお》というややこしい男がいましてね。ただ押しどころ次第でとても役に立つ」

角田が真相に気づく。

「青木にデータをコピーさせたのか！」

「内調も表沙汰になっては困る話ですから、取り戻したところで騒がないでしょうしね」

右京がポケットからＵＳＢメモリーを取り出し、曖昧な笑みを浮かべた。


年の瀬も押し迫ったある夜、袴田邸の前には大勢の報道関係者が集まっていた。あるテレビ局の女性レポーターが緊張した面持ちでレポートしていた。

「袴田茂昭議員の自宅前です。先ほど多くの捜査関係者が敷地内に入っていきました。詳しいことがわかり次第、続報をお伝えします」

やがて伊丹たち捜査一課の刑事に伴われ、茂昭が門から出てきた。パトカーに乗り込む前、茂昭は取り囲む報道陣のほうへ一瞬目をやった。

そこには報道陣に交じってじっとこちらを見つめる右京と薫の姿があった。

その近くで、さっきのレポーターが声を張っていた。

「元政調会長の袴田茂昭議員が任意同行されていきます」

内閣情報官室では社美彌子がパソコンでこのニュースを見ていた。

隣に立った補佐官の石川大輔《いしかわだいすけ》が冷静な口調で美彌子に報告する。

「消去したあの音声データが決め手になったようですが、外部からうちのシステムに侵入された形跡はなく……」

美彌子がニュースを消して、石川を遮った。

「いいわ。誰の仕業かなんとなく見当はつくから。この件は忘れましょう。いっさいなにもなかった」

お辞儀をする石川に、美彌子が声をかける。

「よいお年を」


その翌日、〈慶明大学〉ミステリー研究会の部室には、大門寺寧々と〈熟年探偵団〉の三人の探偵の姿があった。三人は顔を寄せ合い、右京が中学生時代に書いた『亡霊たちの咆哮』を読んでいた。

そのようすを横目に見ながら、寧々は右京に電話をかけた。

「そうそう。うちのサークルに当時の掲載誌が保管されてるの。今おじいちゃんたち読んでるから、あとで感想聞かせてあげるね」

――それはどうも。ええまた。

電話を切った右京が相棒を呼んだ。

「亀山くん」

「はい」

「〈慶明大学〉ミステリー研究会の部室に侵入して、雑誌を一冊盗むのを手伝ってもらえますか？」

「はあ？」

「直《ただ》ちに焼却が必要です。この世から消し去らねば……」

薫もなんのことかピンときた。

「予告状でも出しましょうかね」

「真剣です」


その夜、右京と薫は連れ立って夜の街を歩いていた。

「いやあ！　あっという間に年越しですねえ」

薫の言葉に、右京が応じた。

「今年もいろいろありましたねえ。一番のニュースは君が帰国したことでしょうかね」

「いやそれはちょっと言いすぎでしょう」

薫が照れると、右京が訂正した。

「ええ、言いすぎました」

第十一話

他人連れ

一

亀山薫は空腹だった。警視庁特命係の上司である杉下右京を車のそばに残したまま光原《みつはら》町《ちょう》のパン屋に駆け込むと、ホットドッグをふたつ注文した。そして焼き立てほやほやのホットドッグを両手に持ち、車に戻ってきた。

「あ、お待たせしてすみません。右京さん、本当にいらないですか？」

「ええ僕は」

「自分の分しか買ってませんからね、俺」

「ひとりでふたつも？」

「いや、実は昨日、美和子と喧嘩《けんか》しちゃって、朝飯作ってもらえなかったんですよ」

「おやおや」

美和子は薫の妻で、フリーライターをやっている。昨夜は夫婦ふたりでレストランへ出かけた。注文したハンバーグを薫がうまそうに平らげたとき、唐突に事件は勃発したのだった。

「ねえ、どうして全部食べちゃうの？」

薫は美和子がなぜ怒っているのかわからなかった。

「ん?」

「私もハンバーグにしようかどうか迷ってたよね?」

「ああ」

「そしたらさ、ちょっとひと口ぐらいさ、もらえるんじゃないのかな、なんて思ってて……」

そんな些細《ささい》なこと、と薫が笑い飛ばす。

「ごめんごめん。おいしかったんで、つい」

「私はね、おいしいなと思ったものは、薫ちゃんにも食べさせてあげたいなって、普通に思うわけ。それが思いやりだし、愛情ってもんじゃないのかな?」

「いや、大げさな……」

「勘違いしないでよ。私はひと口もらえなかったのが許せないわけじゃない。私の中に薫ちゃんはいるのに、薫ちゃんの中に私はいないことが許せないの!」

そうか妻はハンバーグが食べたいのか、と薫は考えた。

「じゃあ、頼もうよ。ハンバーグね」

と、美和子がテーブルを叩いた。

「そういうことじゃないんだよ」

「なんで？　食べたいんじゃないの？」

「もう！」

美和子が鬼のような形相になった。

「そうでしたか。それはそれは……」

相棒の愚痴を聞かされた右京が適当にあしらうと、当の相棒は苦笑いした。

「参りましたよ、本当。じゃあ、パパッと食っちゃうんで。いただきま～す」

薫が大きく口を開けたそのとき、運転席の窓がノックされた。車の外に赤い上着を着た小学四年生くらいの少年が立っていた。

薫が運転席のウインドウを下げると、少年は身を乗り出した。

「すみません、乗せてください」

「えっ？」

薫が困惑していると、太った体を安物のスーツに押し込んだ、いかにもうだつが上がらない中年男が駆け寄ってきた。

「おい武志《たけし》、なにしてんだ！」

武志と呼ばれた少年が薫に訴える。

「お父さんが財布を落としてしまって帰れないので、家まで乗せてほしいんですけど」

「ああ、財布を……。家、どこですか？」

「いや、本当に大丈夫なんで……」

男は断ろうとしたが、助手席から右京が声をかけた。

「どうぞご遠慮なく」

結局ふたりを送っていくことになった。ホットドッグを運転席と助手席のシートの間に置いて、薫がシートベルトをしようと体を反転させたとき、武志が真剣な表情で目の前のホットドッグを見つめているのに気づいた。

「あ、食べるか？」

薫が訊《き》くと、武志が目を輝かせた。

「ありがとう！」

「どうぞどうぞ」

と、武志はホットドッグをふたつ取り、ひとつを「お父さん」に渡した。

「あっ」

予想外の事態に薫の口から思わず声が漏れたが、武志が「え？」と訊き返したので、薫は「いや、なんでもない」とごまかした。

「あ、すみません」

気まずそうに返そうとする「お父さん」に、薫がやせ我慢してみせた。

「いやいや、本当にお腹いっぱいなので、どうぞご遠慮なく……」

特命係のふたりは、武志たちを言われた住所まで送っていった。車から降りた薫はマンションを前にして、「お父さん」に言った。

「財布見つかるといいですね」

「ええ」

すると武志が「おじさん、ホットドッグ、ごちそうさまでした」と礼を述べ、ポケットから小銭を取り出した。「今これしかないんです。ごめんなさい」

「あっ……なんだ、お前、いい子だな。気にしないでいいんだよ、そんなことは」薫は武志の頭をなでた。

薫の隣に立つ右京が「お父さん」に訊く。

「今日は、学校はお休みですか？」

「今、ちょっと学校に行けてなくて。今日は気分転換に連れ出したというか……」

「そうでしたか」

「すみません。いろいろとありがとうございました」

頭を下げて去っていくふたりを見送って、右京が疑問を呈した。

「亀山くん、光原町あたりに、親子連れで遊べる場所なんてありましたかね？」

「えっと……」

薫が考えている間も右京は武志たちの姿を視野の隅で追っていた。ふたりは二階の一室へ入っていった。

その頃、捜査一課の面々は光原町の古びたアパートの二〇一号室にいた。部屋で男の刺殺死体が見つかったのだ。

「ああ、先輩」芹沢慶二が、到着した伊丹憲一に報告する。「被害者は安田幹雄《やすだみきお》さん、三十三歳。この部屋の住人で、腹部を刃物で刺されたようですね」

伊丹が部屋を見回した。

「部屋荒らされてるな。ドアは開きっぱなしだったんだよな?」

「ええ」

「物盗りが被害者と鉢合わせして揉《も》み合った末に刺し殺し、そのまま逃げたってとこか。隣の住人には話聞けたのか?」

「あいにく、隣の二〇二号室は空き部屋なんですよ」

そこへふたりの後輩の出雲麗音が現れた。

「被害者の安田さんですが、五年前に窃盗容疑で捕まっています」

「泥棒が泥棒に入られて殺されたんじゃ、格好つかねえな」

伊丹が遺体に目をやりながらつぶやいた。

翌朝、特命係の小部屋には、いつものごとく組織犯罪対策部薬物銃器対策課長の角田六郎が油を売りに来ていた。角田は情報通だった。

「昨日殺された安田ってのは、昔うちが追ってた〈渋谷ポイズン〉という半グレグループにいた男だ。まあ、とはいえ、リーダーだった中山昭二《なかやましょうじ》って奴の使いっ走りみたいなもんだけどな」

記憶力に自信のある右京はその名前を憶えていた。

「たしか、中山という男は半年前に逮捕されていますね」

「そうそう、五千万の押し込み強盗で。けど、捕まったときには一円も残ってなかったっていう」

薫が興味を示す。

「なにそれ、どういうことですか？」

「全部ギャンブルに使ったって自供してるけど、怪しいもんだよ。まあ、当の中山が三週間前に刑務所内で死んじまったから、真相は藪《やぶ》の中だけどな」

「へえ、死因は？」

「急性心不全だと。安田もその事件の共犯ってことで逮捕されたんだけど、証拠不十分で不起訴になってる」

「じゃあ、もしかしたら、安田はその事件絡みで殺されたかもってことですか？」

薫の見立てを、角田は保留した。

「どうだろうね。伊丹たちの話じゃ、安田が殺されたアパートの住人から妙な証言が出てるらしいから」

「妙な証言？」

「子供連れの男が逃げていくところを見たって」

「子供連れ、ですか」

「ああ。子供連れて人殺しって、そりゃねえだろって話だけど」

角田の話を聞いた薫は、右京も同じことを考えているにちがいないと踏んだ。

「昨日あの親子を乗せた場所、現場から近いですよね」

「ええ、近いですね」

興味を覚えると、すぐに調べる。それが右京の行動パターンであり、薫もそれをよく知っていた。さっそく現場の古アパートを訪れたふたりは、「岡村《おかむら》」というネームプレートがかかった二〇三号室の住人から話を聞くことにした。薫がノックする。

「岡村さん？　すみません、警察ですけど」

ノックに応じてドアを開けた岡村は顔色が悪く、不機嫌そうに見えた。

「もう全部話しましたけど」

「申し訳ありませんねえ。改めて確認したいことがありましてね」

右京の前振りを受け、薫が本題を切り出す。

「昨日の事件のとき、子供を連れた男が逃げていくのをご覧になったって聞いたんですが」

「ええ、夜勤なので、その時間は寝てたんですけど、二〇一号室で大きな音がして目が覚めて。外を見たら男が子供の手を引っ張って、走っていく後ろ姿が見えました」

薫に問われるまま、岡村は男と子供の特徴を話した。その間、右京は玄関口から部屋の中を眺めていた。壁には会社名の入った警備員の制服がかかり、室内は雑然としていた。そんな中、真新しい猫の柄のエコバッグが目を引いた。

右京が聞いた話を整理した。

「なるほど。男は太っていて、子供は赤色の上着ですか」

右京と薫はその足で、昨日ふたりを送っていったマンションへ向かった。右京はふたりが入った部屋を覚えていた。ドアの前に立つと、中から話し声が漏れてきた。

「あっ、いますね」薫がチャイムを押し、「こんにちは。昨日はどうも」と声をかける。

ややあって太った男が驚いた顔で出てきた。

「少しお話を聞かせていただきたいのですが」

右京が申し出ると、薫が警察手帳を掲げた。

「俺たち、こういう者なんですよ」

「えっ、警察⁉」

男の声で、武志が顔をのぞかせた。薫が「おっ、武志くん！」と手を振ると、武志も笑いながら振り返した。

部屋に通されたところで、右京が説明する。

「昨日、光原町で殺人事件があったのですが、あなた方に似た親子連れが現場近くで目撃されていましてね」

「えっ？」

男が頬を強張《こわば》らせたのを見て、薫が訊く。

「なんか不審なものを見聞きしてませんかね？」

「い……いや、特には……」

「ちなみに光原町にはどのような用事で？」

右京が斬り込むと、男は言い繕った。

「あっ、あれです、あの辺にうまい店があるとか聞いたことがあったんで行ってみたんですけど、ちょっとわかんなくて……」

「そうでしたか。お財布は見つかりました？」

「いえ、まだです」

「そうですか。先ほどちょっと確かめてみたのですがね、あの辺りの交番にお財布の遺失届は出されていないようですね」

「まあ大して入ってなかったんで……」

額に汗を浮かべて愛想笑いをする男に、右京が生真面目に勧める。

「一応出されておいたほうがいいと思いますよ」

「もしあれだったら、こっちで出しておきましょうか」薫が親切ごかしにメモとペンを渡す。「じゃあね、これに名前と電話番号、あとね、職場の名前と住所と電話番号もお願いします」

「あっ、はい……」

男は「南野浩一《みなみのこういち》」と名前を記し、とあるリフォーム会社の名前を続けて書いた。

立ち去り際、右京は部屋の隅に重ねられた武志の荷物と服、下着などに目を留めた。

「ご旅行でしょうか」

「いや、そのつもりだったのですけど、ちょっと体調が悪くなっちゃって、どうしようかなって。な？」

男が同意を求めたが、武志はスマホから顔を上げただけだった。

「そうでしたか。それは失礼しました。お大事にしてください。お邪魔しました」

「武志くん、またな」

薫は武志に声をかけた。


部屋を出て、マンションから少し離れたところで、右京が言った。

「あのふたり、本当の親子とは思えませんね」

「ですね」薫が同意する。「このあとどうします？」

「亀山くんはあのふたりを見張ってください。僕は南野さんの勤務先を当たります」

「了解」


ふたりが去った後、南野は頭を抱えていた。

「警察だって……やばいよ、どうしよう。ここまでだ……もう終わりだ！」

すると武志が南野の手を握った。

「終わりにしたくない」

「えっ？」

「終わりに……したくない！」

南野は気を取り直したように、うなずいた。

二

右京はさっそく、南野の勤務するリフォーム会社を訪ねた。応対した島津《しまづ》という所長は、面倒臭そうな口調で言った。

「南野は昨日から休んでますが」

「それは存じております。南野さんはいつまでお休みを取られているのでしょうか」

「さあ」島津が首をかしげる。「うちは完全歩合制なんで、本人のやる気っていうか、そういうのに任せてるんで」

「ちなみに、南野さんにお子さんは？」

「あの……うちは完全歩合制なんで、こうしてしゃべってる時間は無駄でしかないんで、もう帰ってもらっていいですか？」

「ああ、それは失礼しました」右京が左手の人差し指を立てた。「ではひとつだけ。こちらの会社は訪問営業によるリフォーム会社ですよね？」

「ええ」

「ちょっと調べたんですがね、消費者センターにリフォーム詐欺《さぎ》ではないかと、苦情が寄せられているようですが」

「いや……そんなことは……」

島津の顔色が変わったのを見て取って、右京がさっきと同じ質問を放つ。

「南野さんにお子さんはいらっしゃいますか？」

「いません」

「そうですか。どうもありがとう」

「いえ、こちらこそ」

態度を急変させて丁寧に腰を折る島津の頭越しに、ホワイトボードに書かれた社員の訪問先が右京の目に入った。「南野」のところには「下高井戸6丁目」と書いてあった。

マンションを出た南野と武志は小学校の正門をくぐった。薫も距離をとってあとをつけていく。ところが門の前で、職員に止められてしまった。

「ちょっと、あなた、なんですか？」

「ああ、違うんですよ」

薫の言い訳は、誰が聞いても言い訳になっていなかった。

「なにが違う！」

職員の声を聞きつけ、警備員が駆けつけてきた。

「違う違う。あのね、俺、警察だから。身分証、出すから……」

ポケットに手を突っ込んだのがまずかった。

「なにを出そうとしてるんだ！」と取り押さえられてしまった。

「警察呼んで、警察！」

警備員に促され、職員がスマホを手にした。

「いや、俺、警察だから……」

遠くで武志が「またね」と、笑いながら手を振るのが見えた。

うまく薫をまいた南野は武志を小さな飲み屋へ連れてきた。まだ営業時間前で、店主の三雲《みくも》亜紀《あき》はカウンターに座って開店準備をしていた。

「その子は？　なんなの？」

亜紀の質問に対して、南野が要領を得ない答えを返す。

「こいつはすごくいい奴だ」

「はあ⁉」

「お前もきっと気に入ると思う。しばらくかくまってくれ！」

「そうじゃなくて、事情を説明しなさいよ！」

亜紀が当然の要求をした。南野は武志をテーブル席に連れていく。

「ああ、武志、ちょっとあっち……あっち座ろう。ほら、これ飲んでな」

冷蔵庫からびん入りのコーラとグラスを武志に渡してカウンター席に戻ってきた南野に、亜紀が険しい目を向けた。

「なに、なに？　なによ？」

南野が声を潜めた。

「あいつの親父さんがちょっとトラブルっていうか、やばいことに巻き込まれてて。なんとかしてやりたいんだよ」

「そんなの、警察に言えばいいじゃない」

「事情があって警察には言えないの！」

「だからって、なんであんたが……」

心底呆れる亜紀に、南野が懸命に言い募る。

「今のあいつには、俺しか頼れる人間がいないんだよ」

「だからさ！」亜紀が南野に指を突きつける。「あんたの頼りなさを誰よりも知ってる私に対して言う言葉じゃないよ、それ」

「俺が頼りにならないことぐらい、あいつだってわかってるよ」

あまりの言い草に、亜紀は呆気にとられた。

「はあ？」

「それでも俺に頼るしかないあいつの気持ちに、なんとか応えてやりたいんだよ。あいつのこと、守ってやりたいんだよ。ちょっと出かけてくる」

「待ってよ。どこ行くのよ？」

「調べなきゃいけないことがあるんだ」

「えっ？」

「戻ってくるまであいつのこと頼む！」南野は一方的に言うと、武志に「すぐ戻ってくるから」と伝えて、店を飛び出していった。


「ありがとうございました」

薫がインターホン越しに礼を述べ、右京に「ここにも来ていません」と報告した。

薫は右京と合流して、下高井戸六丁目の住宅街を歩いていた。

「南野さんが営業で回っていたのはこの辺りなんですがねえ」

「すみません、俺が尾行でまかれたばっかりに」

しょげかえる薫を、右京が励ます。

「もう忘れましょう。それはそうと、亀山くん、リフォーム詐欺の手口として、工事をしている家の近辺を狙うことがあるそうですよ。『すみません、近所で工事中の者なんですが』と偽って声をかける」

「あっ！」薫がすぐに工事中の物件を見つけた。「じゃああっち方面に行きましょう！」

ホンを鳴らした。

「ええ」

ふたりはそちらに移動し、手はじめに「工藤《くどう》」という表札のかかった邸宅のインターホンを鳴らした。

そのとき南野は工藤邸の二階で調べ物をしていた。チャイムの音に驚いて窓からそっと外を見下ろし、門の前に右京と薫の姿を見つけ、真っ青になる。

「えっ、嘘だろ？　なんでだよ……」

南野はすぐにカーテンを閉め、身を隠した。

工藤邸は応答がなかったので、向かいの家に行こうとすると、ちょうどそこから主婦らしき女性が出てきた。

「なにか？」

「ああ、すみません」薫が警察手帳を呈示する。「警察なんですけどもね」

「こちらのお宅にお話をうかがおうと思ったのですがね、あいにく留守のようでして」

右京が工藤邸を指差しながら説明すると、吉村照子《よしむらてるこ》という名のその女性が言った。

「えっ、武志くんもいませんか？」

「武志くん？」右京の眼鏡《めがね》の奥の目が光る。

「工藤さんのお宅、武志くんっていう小学生の息子さんがいるんですけど、ご夫婦が離婚されてから不登校になってしまったみたいで……」

　薫が南野の写真を取り出した。

「ちなみにこちらの家にこの男が訪ねてきたのを見かけたりは……」

　照子はおしゃべり好きのようだった。

「ああ、この人、二、三日前からずっと来てましたよ。だから家庭教師でも雇ったのかなって。いつもは静まり返ってるお宅から、武志くんの笑い声が聞こえてきて、よかったなって思ってたんですよ」

「いつもは静まり返っている……」

　右京が照子の言葉を反芻《はんすう》する間も、照子はしゃべり続けていた。

「武志くんのお父さん、弁護士をされてるんですけどね、お忙しいのか、家を空けることが多いみたいで……」

「そうでしたか」

　そのとき薫が異変に気づいた。

「あれ？　右京さん。二階のカーテンって閉まってましたっけ？」

　薫は工藤邸の門扉を開けると、右京とともに玄関の前まで行き、ノックした。

「すみません！　どなたかいらっしゃいますよね？」

外のようすに焦った南野は、裏口から逃げようと、玄関の靴を取りに行こうとした。

「亀山くん、裏口に回ってもらえますか？」

「はい」

薫が裏口のほうへ向かおうとしたそのとき、表の道路から女性の悲鳴が聞こえてきた。

薫が駆けつけると、ひとりの女性が足首を押さえて倒れていた。足元にはバッグが落ち、財布やパスケースなどが散らばっている。その女性は三雲亜紀だった。

「どうしました？」

「あ、すみません。自転車が急に飛び出してきたもんで……」

「自転車……どこか行っちゃった？」

薫がキョロキョロしていると、悲鳴を聞きつけた右京もやってきた。

「なんかもうあっち行っちゃったみたいで……」

道路に散らばった小物を拾いながら、右京が訊く。

「お怪我はありませんか？」

「大丈夫です。すみません。イタタタ……足首ひねっちゃったみたい……」

ふたりが亜紀に気を取られているとき、裏口から出てきた南野が大きな体を揺すりながら懸命に逃げ出したのを右京が見つけた。

「亀山くん！」

「あっ！　待てコラ！」

薫がダッシュで追いかける。右京も少し追ったが、あとは相棒に任せることにして、亜紀のもとへ戻った。しかし、亜紀の姿は影も形もなかった。

南野はなぜ表に亜紀がいたのかわからなかったが、全速力で逃げ、なんとか薫を振り切った。

しばらくして薫が工藤邸の前へ戻ってきた。

「すみません、見失いました。逃げていったの、南野でしたよね」

「昔の君なら追いついたんじゃないですか？」

「あっ、そういうこと言います？　さっきの女性は？」

「気がついたら消えていました」

「あのふたり、もしかしたらグルだったんじゃないですか？」

「どうでしょうねえ」

薫がここぞとばかりに言い返す。

「昔の右京さんなら、だまされなかったんじゃないんですか？」

「どうでしょうねえ」

ふたりは工藤邸に侵入し、二階のカーテンが閉められた部屋に入った。そこは主《あるじ》の工藤の書斎のようだった。薫がカーテンを開けて表を見た。

「ここにいたのか」

右京は部屋に散らばったノートや手帳を検《あらた》めていた。

「工藤さんが弁護を担当していた案件のメモですねえ。ずいぶんと興味深いものが見つかりましたよ」

右京からノートを見せられた薫はそこに記された名前を憶えていた。

「えっ？　中山ってあの五千万強盗の？」

「ええ。中山の弁護を担当していたのが工藤弁護士だったようです」

「南野はこのノートを探しに来たんですかね」

右京がノートのあるページを示した。

「ここが破られています。おそらく南野さんが持っていったのでしょう」

中山が率いていた〈渋谷ポイズン〉について、工藤が手書きで記したページの下半分ほどが破られてなくなっていた。

「半グレについて調べてた？　なにがしたいんだ、あいつはもう……」

右京が棚に置いてあった写真立てを取り上げた。公園で撮られた工藤らしき男と武志の写真が飾られている。

「とりあえず、あのふたりが親子ではないということがこれではっきりしましたね。安田が殺されたアパートで目撃された親子連れは、武志くんと南野さんだと考えてまず間違いないでしょう。南野さんが何事かをたくらみ、武志くんに近づき、連れ出して利用している可能性がありますね」

「うーん、でもなんか無理やり連れ回してる感じには見えませんでしたよ」

「言葉巧みに言いくるめているのかもしれませんよ」

右京の指摘を受けて、薫が言った。

「まあ、南野の目的がなんなのかわかりませんけど、今は奴が追っかけているものをたどるしかないってことですか」

三

南野はそのとき、破り取ったノートのページに記されていた住所をたどり、とある雀荘に着いた。南野は深呼吸をすると、勇を鼓して〈渋谷ポイズン〉のたまり場に入っていった。

武志は亜紀の経営する飲み屋で、食事をしていた。

「南野遅いね」

「あんたさ、あいつにずいぶんと懐《なつ》いてるようだけど、あいつのどこがそんなにいいわけ？」

「わかんないけど……なんか初めてだったから」

「えっ？　初めてって？」亜紀が先を促す。

「一緒に怒ったり、泣いたりしてくれる人、いなかったから」

南野の優しい人柄は亜紀もよく知っていた。

「そうなんだ……」

「お姉さんは南野の恋人？」

「まあ、ちょっと前までね」

「別れたのに、仲いいの？」

「仲良くはないの。あいつが勝手にすり寄ってくるだけ」

「うちのお父さんとお母さんは、お互いに、もう二度と会いたくないって言ってたよ」

武志は両親が離婚の相談をしていたときの言い争う声をよく覚えていた。

母親が「武志は私が引き取ります」と言うと、父親は「今まで俺の金で生きてきたくせに偉そうなこと言うな！」と怒鳴りつけた。泣き出した母親を、父親は「出ていくなら、ひとりで出ていけ」と追い出したのだった。

亜紀にも武志の気持ちがわかるような気がした。

「そうなんだ……いっぱい食べな」

そこへようやく南野が戻ってきた。顔面傷だらけで、着ているスーツもよれよれになっていた。

亜紀が頰の傷を消毒すると、南野は「痛い！」と顔をしかめた。

「我慢しなさいよ、もう！」

「どういうつもりだよ？　なんであんなとこにいたんだよ！」

南野が工藤邸前にいた亜紀を責めると、あのときこっそり南野のあとをつけてようすをうかがっていた亜紀が言い返した。

「あんたこそなにしてたのよ？　あの家はなに？　あいつら誰？」

「あれは……」

言いよどむ南野に、武志が訊いた。

「どこ行ってたの？」

「お前の家に行って、親父さんのことを調べてた」

「なにかわかった？」

「いや……」

「そのあとなにしてたの？」

今度は亜紀が訊く。

「麻雀に行ってた」

「はあ?」

「麻雀に行ってたんだよ。麻雀行って勝って負けてボコボコにされて、戻ってきたんだよ」

南野は正直に答えたが、その答えが亜紀を激怒させた。

「なに考えてるの? あんた。この子のこと、守るんじゃなかったの?」

「麻雀だけは強いんだよ、俺は」

「なにそれ」亜紀が南野を強くぶつ。

南野が武志の前に立った。

「武志、ごめん。俺、お前になにもしてあげられないや」


翌日、右京と薫は〈工藤秀久《ひでひさ》法律事務所〉を訪問した。

「工藤先生とはもう四日ほど連絡がつかない状態なんです」

応対した鮫島《さめじま》という女性の事務員が眉をひそめて言った。

「四日もですか?」右京が訊き返す。

「ええ。自宅にも電話をかけたんですが、息子さんが電話に出て、父親からしばらく仕事で家を留守にするというメッセージが届いたと言われまして」

「そういうことはよくあるのでしょうか?」

「まあ、連絡がつかないことはよくありましたけど」

苦笑する鮫島に、薫が南野の写真を見せた。

「この男に見覚えないですかね？」

「いや、見たことはないです」

続いて右京が殺された安田の写真を見せた。

「ちなみにこの男は？」

「あ、この人、この間事務所に来ましたよ」

鮫島によると、事務所を訪れた安田幹雄は工藤に対して、「あんたが知らないわけないだろうが」と声を荒らげたという。

「まるでハイエナだな」工藤は鼻で笑った。「おおかたあれなんだろ？　中山が死んだのをどこかで嗅ぎつけて、金を横取りしようと思ったんだろ？　跡形もなくなってて残念だったな」

工藤に軽くあしらわれ、安田は色を失ったというのだった。

鮫島の話を聞いた薫が質問した。

「それはいつ頃の話ですか？」

「えーと」鮫島が記憶を探る。「先生と連絡が取れなくなった前の日ですかね」

「前の日？」

右京は工藤のデスクに置かれた封書に目を留めた。

「すみませんが、これちょっとお借りしても構いませんかね？」

「ああ……どうぞ」

鮫島はためらいながらも了承した。


特命係の小部屋に戻り、ホワイトボードに書いた相関図を前に、右京と薫は事件を検討した。

「工藤弁護士はかなりあくどいこともやっていたようですねえ」

右京の言葉を受けて、薫が言った。

「中山が盗んだ五千万も工藤がパクったってことですかね？」

「ええ」右京が同意する。「おそらく安田も金の隠し場所を知っていたものの、中山を恐れていたので手を出せなかった。しかし獄中で中山が死んだことを伝え聞き、金を取りに行った。ところが、すでにその金は消えていた」

「工藤が盗ったと思ったから事務所に乗り込んだんですね」

「しかし相手にされなかった。そして、その次の日、工藤弁護士は行方不明になっている。ということは……」

右京の言いたいことを、薫が理解した。

「安田が工藤を拉致《らち》して金の情報を聞き出そうとした？」

「武志くんに届いた父親からのメッセージも安田の仕業でしょうねえ」

「警察に行方不明者届を出されないように」

「ええ。しかしその安田は何者かによって殺害された……」

そこへ角田が疲れた顔をして入ってきた。

「おい、お待たせ。警部殿、行ってきたぞ」

薫は聞かされていなかった。

「えっ、どこへ？」

「中山と安田がいた〈渋谷ポイズン〉のたまり場だよ。まったく、人使いが荒いっちゃありゃしねえ」

角田が聞き取ってきた内容を報告した。南野はたまり場となっている雀荘に突然現れ、勝負を挑んだという。

南野は麻雀が強かった。半グレ相手に勝ち続け、点棒を巻き上げた。そして点棒を返す代わりに、工藤の居場所を教えてほしい、工藤を解放してほしいと頼んだという。半グレたちは、南野を少々手荒にかわいがってから、追い出したのだった。

角田から話を聞いて、薫が言った。

「あいつも工藤を捜してるってことですかね？」

右京は一通の封書を手にしていた。

「とりあえず、ここに行ってみましょうか」

「ああ、それ事務所から持ってきた……中身はなんですか?」

「トランクルームの契約書のようです」

「トランクルーム?」

右京はすでに契約書に目を通していた。

「契約した日は、中山が獄中で死亡した三日後です」

店のカウンター席で亜紀がひとりすすり泣いていると、二階から武志が下りてきた。

亜紀は慌てて涙をぬぐった。

「南野はまだ戻らないの?」武志が訊く。

「そうね……」

武志が心配そうに亜紀の顔をのぞき込む。

「泣いてるの?」

「ううん、あくびが出ただけ」亜紀がごまかして立ち上がる。「私、買い物に行ってくるから鍵閉めててね」

右京と薫は工藤が契約したトランクルームを訪れ、扉を開けた。中にはジュラルミンケースがひとつ入っているだけだった。ケースに鍵はかかっていなかったので、薫が開けた。

「空ですね」

「工藤弁護士は中山が隠していた金を盗んで、ここにしまっていたのでしょうね」

「そして誰かがここから持ち出した」

右京は周囲を見渡し、設置してある監視カメラに気づいた。

「監視カメラを確認しましょう」

ふたりはさっそく事務所に行き、監視カメラの映像を確認した。そして、南野と武志がトランクルームに近づいていく場面を見つけた。

右京が映像の日時を確認する。

「日付は一月十六日、朝八時三十五分。安田が殺される数時間前ですね」

薫が南野と武志の行動を推察する。

「じゃあ、あのふたりはここへ来たあとに安田のアパートに行って、安田を殺した？」

「時間的にはぴったり当てはまりますね」

「あっ！　金が入ってますよ！」

薫が映像に注目した。ジュラルミンケースから大量の札束が出てきて、南野は腰を抜かしていた。南野はこぼれた札束をケースに入れ、トランクルームに戻した。

「金はトランクルームに残したままですね……」

「でも今は空っぽ……誰が金を？」

薫の疑問に対する答えを見つけるべく、右京が映像を早送りする。次にそのトランクルームに近づいたのは南野ひとりだけだった。

「やっぱりお前かよ！」

薫が映像につっこみを入れていると、右京は日時に注目した。

「日付は今日の早朝ですよ」

映像の中の南野は札束をジュラルミンケースから持参した黒いバッグに移し替えていた。

「金持って、ひとりで逃げる気か、こいつ」

右京が異論を唱える。

「いや、最初から金を持って逃げるつもりならば、工藤弁護士を解放させるためにわざわざ半グレのたまり場などに行く必要はありませんよ」

「ああ、たしかに」

南野はケースをトランクルームに戻し、黒いバッグを抱えて去っていった。

「なぜ今になって金を、そして、なぜひとりで持ち去ったのか……」

「ああ、いったいどういうことなんですか？　右京さん」

「手掛かりがひとつだけあります」

右京が左手の人差し指を立てた。


亜紀の店で武志が留守番をしていると、スマホの着信音が鳴った。画面を見ると父親からの着信だった。武志はすぐに電話に出た。

「お父さん？」

知らない男の声が聞こえてきた。

――こんにちは。お父さんのお友達なんだけどね、お父さんに頼まれて、君を迎えに行くところなんだよ。

「お父さんはどこにいるの？」

――うん、とりあえず迎えに行くから、外に出てきてくれない？

仙台行きの夜行バスを待ちながら、南野は昨夜の亜紀との口論を思い出していた。

「どうしたいの？」

亜紀に問われ、南野は「俺にできることなんて、結局なにもないんだよ」と答えるしかなかった。

「それでも武志くんはあんたのこと、頼ってるんでしょう？」

「お前は頼ってくれなかったよな。俺を見限ったってことだろ？」

南野が皮肉をぶつけると、亜紀はすすり泣きをはじめた。南野は混乱した。

「ちょっ……なんでお前が泣くんだよ⁉」

と、突然亜紀が感情を爆発させた。

「あんたいっつもそうだよ！　全部、自分のこと！　なにがあっても結局は自分のことばっかりなんだよ！」

売り言葉に買い言葉で、南野も言い返した。

「ああ、そうだよ！　だから、自分の惨めさに耐えられないんだよ！」

「だったら自分ひとりで生きていきなよ！　わざわざこっちを巻き込まないで……」

「ああ、そうかよ！　じゃあそうするよ！」

南野は声を荒らげて席を立ち、店を飛び出したのだった。

仙台行きのバスの到着を知らせるアナウンスが流れはじめたとき、スマホに武志から着信があった。

「もしもし？」

相手の声は知らない男のものだった。

――もしもし？　武志くんと一緒にいるんだけどさ、今から言う場所に、例のもの持ってきてくれるかな？

亜紀が店に戻ると、武志はいなくなっていた。パニックになっているところへ、南野から電話がかかってきた。

「もしもし、ごめん！　買い物から帰ったら、武志くんがいなくて！」

——武志をさらった奴から連絡あったんだ。

「えっ……」

——武志のところに行ってくる。戻ってこられなかったらごめん……。

「戻ってこないのが普通なんだよ。別れてるんだから。だけど戻ってくるよね？　あんたはそういう、どうしようもない奴だから……」

——行ってくる。

南野の最後の声は、いつになく決然としていた。電話が切れ、亜紀が呆然としていると、ドアが開いて、右京と薫が入ってきた。

「やはりこちらでしたか」

そう言う右京の横で、薫が警察手帳を掲げた。亜紀は状況が理解できていなかった。

「どういうこと？」

「あなたが我々の前でひと芝居打ったとき、バッグから落ちた診察券の名前を覚えていたものですからね」

地面に散らばった小物を拾い集めながらも、右京は抜け目なく情報を収集していた。

「そうだったんだ……」

薫が亜紀の前に進み出る。

「あなたが南野と知り合いなのはわかってるんです。南野はどこにいるんですか？」

「わかんない……」亜紀が涙声で答える。「武志くんが誰かにさらわれて、だから南野が武志くんのところに行ってくるって……。もう戻ってこられないかもしれないって！」

「落ち着いて説明して！」

薫がなだめたが、亜紀は泣きながら訴えた。

「南野と武志くんを助けてください！　武志くんはいい子で、あいつはどうしようもない奴だけど、でも私にとってはどうしようもなく大切なんです……」

右京がカウンターの上にあった猫の柄のエコバッグに目を留めた。

「失礼。このエコバッグは？」

「これはあの人とふたりで作ったエコバッグで……財布に入るサイズだし、おそろいのものも持ってないからって……」

「亀山くん、行きましょう」

薫は右京の意図がわからなかった。

「それと、伊丹さんに電話してください。向かってほしい場所があります」

「行くって、どこに？」

「で、俺たちはいったいどこに？」

「説明は後ほど。急ぎますよ」

右京が店を飛び出していき、薫があとを追った。

四

札束のつまった黒いバッグを抱えて指定された工場に到着した南野は、粘着テープで口をふさがれ椅子《いす》に縛りつけられている武志を見つけた。

「武志！」南野が駆け寄る。「今助けるぞ。大丈夫」

まず粘着テープをはがすと、武志は弱々しい声で「南野……」とつぶやいた。

「ちょっと待ってろ」

続いて武志を拘束しているロープをほどこうとすると、暗がりから男が出てきて、ナイフを突きつけた。

「言うこと、聞いたほうがいいよ。お前もお人よしだよなあ。そのまま逃げてもよかったのに、わざわざ来ちゃってよ」

「金は持ってきた！　もういいだろ！」

南野が訴えたが、男はナイフを武志の顔に近づけた。

「顔見られてるからな、このまま帰すわけにいかねえな！」

南野が叫んだとき、工場の照明が一斉に灯り、右京と薫が姿を現した。

「やめなさい！」

「岡村だな！」

岡村はなぜこの場所が警察に知られたのかわからなかった。

「なんで⁉」

「あなたの部屋に、あなたが持っているはずのないものがあったことを思い出したんですよ……」

右京が思い出したのは、猫の柄のエコバッグだった。それで光原町の古アパートに伊丹を急行させ、岡村の部屋を調べてもらったのだった。伊丹からはついさっき、連絡をもらっていた。

――警部殿、たしかにありましたよ。二〇三号室、岡村の部屋に、エコバッグと南野の財布。それと、空き部屋の二〇二号室に工藤弁護士が監禁されてました。

事情が呑み込めていないようすの岡村に、右京が事件の構図を語る。

「……もともと、工藤弁護士を拉致して、中山がせしめた金のありかを白状させようとしたのは、殺された安田でした。しかし、自分の部屋に監禁するのはリスクが高すぎる。そこで空いている二〇二号室を利用することにしたんです」

岡村は隣の部屋で、安田が誰かを脅《おど》しているのを聞いたのだった。

「お前の携帯からお前の息子にメッセージ送っといたから。これでしばらく帰らなくても大丈夫だな。五千万どこにあるんだ？ しょうがねえな。ちょっとずつ刺してやろうか？」

安田の脅しが効いて、拉致された男はついに白状したのだった。

「トランクルームだよ。鍵は家にある」

右京はその辺りの事情も正確に推理していた。

「あなたは普段夜勤で昼間は寝ていた。つまり留守だと思われて当然の状況です。安田も油断したのでしょう」

薫が右京の推理を継いだ。

「そして安田は再び工藤弁護士を装って武志くんにトランクルームの鍵を二〇二号室に持ってくるようにとメッセージを送った」

「そうですよね、南野さん？」

右京に訊かれ、南野は「はい！」とうなずいた。

武志からそのメッセージを見せられた南野は鍵を二〇二号室に持っていく前に、武志と一緒にトランクルームに行ったのだった。そこでジュラルミンケースにしまわれた大量の札束を見つけた。

「なんだこれ！　やばいよ。お前のお父さん、なんかとんでもないことに巻き込まれてるんじゃないのか？」

札束を見て腰を抜かした南野に、武志は言った。

「悪いお金だよ、きっと」

「え？」

「お父さん、悪い弁護士だってみんな言ってるし、僕もそうだと思う。これ持って逃げよう」

寂しそうな目で提案する武志を、南野は諭した。

「なに言ってんだよお前、そんなわけにいかないだろ！　お父さんのこと、心配だろ？　とりあえずようすだけ見に行こう」

右京が岡村を前に、推理を続けた。

「あなたはあの日、自分の部屋からようすをうかがっていたのでしょうねえ。安田が二〇二号室に入っていくのを見て、その隙に二〇一号室に入り込み、安田を待ち伏せした。そして鍵をせしめて戻ってきた安田を襲い、その鍵を奪おうとしたのではありませんか？」

右京の推理は当たっていた。揉み合ううちに岡村はいつの間にか安田を刺し殺してしまったのだった。そのとき南野が武志の父親のようすをうかがいに、二〇二号室にやってきた。だが、隣の二〇一号室で物音がするので、南野がそっとのぞいたところを岡村が殴り倒した。岡村は南野が気を失っているうちに財布を奪うと、二〇三号室に戻った。そこへ武志がやってきて南野を揺り起こした。岡村は部屋のドアを少し開け、ふたりが立ち去るのを見ていたのだった。

「どうしてここがわかった？」

岡村からナイフを突きつけられても、右京は平然としていた。

「あなたの部屋の壁に警備会社の名前が入った制服がかかっていましたね。今あなたが着ているそれ。そこに連絡して、あなたの勤務先の中で人気《ひとけ》のない、あなたにとって都合のいい場所を教えていただきました」

「そういう抜け目のないところ、昔も今も変わらないですね」

「どうもありがとう」

薫の皮肉を、右京はさらりと受け流した。次の瞬間、岡村がナイフを持ったまま突進してきた。

「お前ら、ふざけるな！」

「なめんなこの野郎！」薫が難なく岡村の腕を取り、その場にねじ伏せた。「俺もまだまだ現役バリバリなんだよ！」

「武志、ちょっと待ってろ。今外してやる」

南野が武志の拘束を解いた。


翌朝、警視庁の会議室で、右京と薫は南野から話を聞いた。

「武志くんとは、どのようなきっかけで？」

右京が尋ねると、南野は穏やかな目でとつとつと語りだした。

「訪問営業で工藤さんの家に行ったときに初めて武志に会ったんです。ひとりぼっちで家にいて、寂しそうに見えました。俺も昔、あいつと同じような境遇だったので、なんていうか、当時の自分と重なって……だから放っておけないっていうか……。あの頃、窓の外見て、誰かこの家に飛び込んできてくれないかな、助けてくれないかなって思ってたから……。俺になにかできるわけじゃないんです。あいつの話聞いて、お腹減らないように、ご飯いっぱい作って食べさせて、そんなことぐらいしかできなかったけど、ずっとそんなことしてて。そうしたら、何日か経ってから、あいつの父親から、メッセージが来て。どんどん、とんでもないことに巻き込まれていった感じです」

右京が左手の人差し指を立てた。

「ひとつよろしいですか？」

「はい」

「アパートで岡村に殴打されたときのことです。そのとき、なぜ警察に通報しなかったのですか？」

「あのアパートから逃げ出したあと、さすがにやばいと思って警察に電話しようとしたんです。そしたら、武志に止められたんです。これはきっとお父さんのせいだから、もし警察に言ったら、お父さんが捕まっちゃう、僕ひとりになっちゃうって、助けを求められました。あいつずっと、父親なんかどうなってもいいって言ってたけど、それは違うんだなって……。なんだろう……いつの間にか、あいつの父親みたいな気分になってて……。そんな資格ないんですよ、俺には」

「そうですか、資格がありませんか」

右京に相槌《あいづち》を打たれ、南野が告白を続けた。

「亜紀との間にもね、子供ができたんですけど、自分には子供を育てる自信がないな、愛せないかもしれないなって、腰が引けてたんでしょうね。だから亜紀のほうから、子供のことはもう気にしなくていいからって……。その代わり、もうおしまいにしようって」

「贖罪《しょくざい》の意味も込めて、武志くんのそばにいた」

右京の言葉に、南野が深くうなずく。

「自分勝手な人間なんですよ、俺は」

と、右京が意外なことを言った。

「それでいいのではないですか？」

「えっ？」

「人は自分のためにしか生きられないのかもしれません。だとすると、あなたは自分のために武志くんを守ろうとしたのかもしれない。ですが、それは言い換えれば、武志くんのことを自分のこととして考えることができたからではないですか？」

「おっ、武志」

窓から外を見ていた薫が、母親と手をつないで警視庁から去る少年の姿を認めた。南野も立ち上がり、窓から武志を見送る。武志はふと立ち止まり、窓を見上げて手を振った。手を振り返す南野に、薫が言った。

「武志くんが言ってたそうだよ。一緒に喜んでくれる人は今までにもいたけど、一緒に怒ったり泣いたりしてくれる人はいなかったって」

「武志くんが窓から飛び込んできてほしかったのは、きっとあなたのような人だったんじゃありませんかねえ」

　薫が、安産祈願のお守りを取り出した。

「なあ、お前の財布の中に入ってたんだけどさ、これはお前が持ってても意味ないんじゃないの？」

「えっ？」

「亜紀さんが転んだ姿を見たときに気づいたのですがね、彼女は無意識にお腹をかばっていましたよ」

　そればかりか、右京はバッグから飛び出た診察券が産婦人科のものであることにも気づいていた。

「えっ……」

　唖然《あぜん》とする南野にお守りを渡し、薫がその背中を押した。

「お腹に赤ちゃんがいるってことだよ！　ほら、さっさと渡してこい！」

　その日の午後、南野は店を訪れ、亜紀にお守りを差し出した。

「これ、渡すタイミングがずっとなくって、どうしようかと思ってたんだけど」

亜紀が目を瞠《みは》る。

「今渡すのが、いいタイミングなの？」

「今、渡しても、いいタイミングだろ？」

亜紀は泣きながら南野の胸に飛び込んだ。


その夜、家庭料理〈こてまり〉で右京と一緒に酒を飲んでいた薫は、早めに切り上げようと席を立った。

「今日は帰ります」

「おやおや」

「美和子にね、ちょっとしたプレゼントがあるんで」

女将《おかみ》の小手鞠こと小出茉梨がカウンターから身を乗り出す。

「なんですか？」

「甘栗なんですけどね、あいつ甘栗大好きなんで」

「亀山さんもお好きなんですか？」

「まあ、俺はそうでもないんですけど、あいつがおいしそうに食べてるの見るだけでも、幸せな気分になれるじゃないですか」

「あら、ご馳走さまです」

そこへ当の美和子から薫のスマホに電話がかかってきた。

「うん、今から帰る。あの……甘栗あるからさ、一緒に食べような！」

――この時間に甘栗だと？　太るぞ、コラ！

電話を切られた薫がしょんぼりとカウンターに戻ってきた。

「もう一本ください」

「おやおや」

右京が目を丸くすると、美和子から再び着信があった。

「はい」

――もう！　待ってるよ！

「帰ります！」

笑顔で去っていく薫を見送り、右京と小手鞠は顔を見合わせた。

第十二話

椿二輪

一

警視庁特命係の杉下右京は多趣味だったが、絵画をはじめとする芸術鑑賞もそのひとつだった。

仕事がオフのその日、右京は部下の亀山薫を伴って「炎の絵筆―牧村遼太郎《まきむらりようたろう》追悼展」を訪れた。追悼展は活況を呈しており、ふたりが会場のギャラリーに着いたときにも、来場者が列をなしていた。

入口ではオーナーの薬師寺《やくしじ》研吾《けんご》がひとりひとりにお辞儀をして迎えていた。

「どうぞ、ごゆっくりご覧ください」

「ありがとうございます」

右京も丁寧に礼をして、会場に入る。入ってすぐのところに、牧村遼太郎のプロフィールを記したパネルが掲げられていた。そこにあった画家の写真を見て、薫が素直な感想を述べた。

「見た目は意外と普通ですね」

「はい？」

「いや、情熱の画家なんて言われてるぐらいだから、もっとこう、エキセントリックな見た目かと」

「君、本人の外見と才能は別物ですよ」

「あ、すみません」

右京は赤い花が描かれた小さな油絵作品の前に移動した。

「遺作の『椿二輪』です。寄り添って咲く二輪の椿の花……。君、この絵をどう思いますか？」

「えっ、俺っすか？　えー、そうっすね……」

薫がまじまじと絵を見つめるさまは、鑑賞しているというより、品定めしているようだった。

「正直に言ってくれて構いませんよ」

「じゃあ……特に情熱は感じませんね」

「おやおや」

「あ、すみません」

「いえいえ。正直でいいんじゃありませんか」

たとえよさはわからなくても、薫もこの絵にまつわるエピソードは知っていた。

「でも、あれですよね。この絵を描き上げてまもなく、愛人と心中したんですよね」

「ええ。この二輪の椿は、牧村遼太郎が自分自身と愛人の姿を花に託して表現したといわれていますねえ」

「へえ～」

「では次に行きましょう」

ギャラリー内を歩きながら、右京が画家に対する思いを語った。

「牧村遼太郎の画風には以前から心惹かれていましてね。自由闊達な表現には象徴主義の影響が……」

右京の言葉は、絹を裂くような女性の悲鳴に遮《さえぎ》られた。黒い帽子を目深《まぶか》にかぶり、鼻と口をすっぽり覆うような大きな黒いマスクを着けた男がナイフを持って会場に乱入し、『椿二輪』をザックリと切り裂いたのだ。

「おい！」

薫がただちに突進しようとすると、男は近くにいた若者を盾に取り、その喉元《のどもと》にナイフを突きつけた。

「近寄るな！」

「やめなさい！」右京が一喝する。

男は若者を放り出すと、猛然と逃げ出した。薫がそのあとを追う。右京は床に倒れた若者のもとへ近づいた。ナイフの刃が当たったらしく、若者は頬を怪我《けが》していた。上着のオレンジ色の裏地も少し破れていた。右京は若者を気遣った。

「大丈夫ですか？」

薫は懸命に追いかけたが、男はギャラリーの前に駐《と》めてあったバイクに飛び乗って逃げていく。それでも薫はあきらめなかった。通りかかった買い物帰りの主婦と交渉してママチャリを借り、死に物狂いで漕《こ》いだ。ママチャリのカゴの中ではエコバッグから飛び出したネギが揺れていた。

右京は騒然とするギャラリーの来場者に呼びかけた。

「皆さん、落ち着いてください。申し訳ありませんが、指示があるまでギャラリーを出ないようお願いします」

来場者が静かになったところで、タオルを傷口に当ててソファで休んでいる若者、梅《うめ》田剛《だつよし》に向き合った。

「本当に病院へ行かなくて大丈夫ですか？」

「ちょっと切っただけなので大丈夫です」

梅田の答えに右京はうなずき、無惨にも十字に切り裂かれた『椿二輪』の前で呆然と立ち尽くすオーナーの薬師寺に歩み寄った。

「まもなく捜査員が到着します」

薬師寺が深く腰を折った。

「ありがとうございます」

「原状回復できるといいのですがねえ」

「ここまで派手に切り裂かれてしまったら、裏打ちとレタッチを施したところで、完全に元の通りというわけには……」

悲痛な声で嘆く薬師寺に、右京は「そうですか……」と返すしかなかった。

まもなく捜査一課の刑事たちがギャラリーに到着した。伊丹憲一から犯人について聞かれた薬師寺がうんざりした口調で答えた。

「犯人に心当たりなどありませんよ」

重ねて伊丹が問う。

「おたくのギャラリーで、最近なにかトラブルみたいなものは？」

「とんでもない。誰かに恨まれた覚えもありません」

続いて伊丹の後輩の芹沢慶二が質問した。

「じゃあ、絵の作者である牧村遼太郎さんはどうなんですかね？」

「女性関係が派手な方だったんですよね？」

芹沢のさらに後輩の出雲麗音にも促され、薬師寺が口を開いた。

「たしかに彼を愛した女性は大勢いましたが……」

続きを答えたのは、近くで耳を澄ませていた右京だった。

「その中のひとりが大宮《おおみや》アカネさんでした。牧村遼太郎が愛した数ある女性の中でも、大宮アカネさんは特別な存在だったと言われていますねえ」

「特別？」麗音が訊《き》き返す。

「ええ。なにしろ、ふたりはともに死ぬことを決意したのですから。しかし心中は失敗。牧村遼太郎だけが亡くなり、大宮アカネさんは一命を取り留めた……」

「だから」伊丹が強面《こわもて》を突き出す。「警部殿は黙っていてくれませんか！」

「これは失礼。牧村遼太郎という画家には以前から興味があったものですからねえ」

「だったらおとなしく絵でも眺めててくださいよ」

芹沢が嫌みをぶつけたとき、和装の女性が駆け込んできた。牧村遼太郎の妻の智子《ともこ》だった。

「薬師寺さん、本当なの、『椿一輪』が……？」

薬師寺が智子を絵の飾ってある場所にいざなう。智子は絵の前に駆け寄り、惨状をひと目見るなり悲鳴をあげた。

「嫌っ！ ひどい……ひどすぎる！」智子が薬師寺に詰め寄る。「夫の遺作なのよ！ セキュリティはどうなってたの⁉」

薬師寺は謝ることしかできなかった。

「申し訳ございません！」

「早く修復に出してください！　お願い、早く‼」

半狂乱の智子に、伊丹が声をかける。

「牧村さんの奥さんですか？　我々、警察の者ですが」

「犯人は誰なの⁉　早く捕まえてください！」

「落ち着いてください」

麗音がなだめたとき、右京のスマホが振動した。薫からの電話だった。

「杉下です」

――すみません。三澄町《みすみちよう》の坂道で見失ったんですけど、付近を捜したらバイクが乗り捨てられていて……。

「どうもありがとう」

電話を切った右京が、捜査一課の三人に向かって声を張った。

「三澄町です。ネギがなくなったと言っています」

「まずいなあ……どこに落としちゃったんだろうな、もう」

ママチャリを駐めて薫がネギを捜していると、伊丹が現れた。その手にはネギが握られていた。伊丹はネギを薫の鼻先に突きつけた。

「これか?」

「あっ!」

伊丹が毒づく。

「亀がネギしょって走ってんじゃねえよ!」

「うまいこと言ってんじゃねえ! ああ、いや、助かった」

麗音はバイクを調べていた。

「ナンバー照合したら、盗難車だそうです」

伊丹が薫を鼻で笑う。

「途中で見失うとは、ざまあねえな」

「うるせえ。こっちはな、ママチャリでバイク追いかけてるんだよ!」

同期の先輩ふたりの言い争いには取り合わず、芹沢が訊いた。

「ここで乗り捨てたってことは、どこか近くに住んでるんですかね?」

先に答えたのは薫だった。

「よし、手分けして近隣を総当たりだ。芹沢、右。麗音ちゃん、左。伊丹、真っすぐ!」

「仕切るんじゃねえよ!」

伊丹は吠えながらも、薫の指示に従った。

右京がギャラリーの休憩スペースに行くと、牧村智子が椅子《いす》に腰かけていた。

「少し落ち着かれましたか？」

右京の気遣いを無視して、智子はだしぬけに言った。

「あの女よ」

「はい？」

「犯人は男だって聞きましたけど、きっとあの女に雇われたんだわ」

右京が智子の考えを察した。

「あの女というのは、大宮アカネさんのことでしょうか？　ご主人と心中を企《くわだ》て、生き残った女性……」

智子が感情を高ぶらせて立ち上がった。

「心中なんかじゃないわ。殺人よ。夫はあの女に殺されたんです」

「なぜそう思われるのでしょう？」

「だって、夫は私のことを愛していたんですよ。他の女と死のうとするわけないじゃありませんか。なのに、警察はただの自殺関与だったなんて……。あの女、実刑にもならなかった」

再び椅子に腰を落とした智子に、右京が質問した。

「三カ月前の出来事が仮に殺人事件だったとして、なぜ大宮アカネさんがご主人の絵を切り裂く必要があるのでしょう?」

「嫉妬よ」智子は即答した。

「とおっしゃいますと?」

「『椿二輪』に描かれた花は牧村と私なんです。真冬の寒い中、寄り添うように咲く椿二輪……。牧村は、私との夫婦愛を椿に託して表現したの。どんなに愛人を作っても、あの人はいつも私のところに帰ってきた。他の女との関係はすべて捨て石」

「捨て石ですか……」

「芸術という花を咲かせるためのね。私の父も画家でしたけど本当に愛したのは母ひとりだった……」

ふたりの会話を少し離れたところで聞いていた薬師寺が、スマホで電話をかけた。

「もしもし。うまくいきました。絵はズタズタです」

——そう、よかった。安心したわ。

そう答えたのは、大宮アカネだった。

二

翌朝、いつものように特命係の小部屋にマイマグカップ持参で現れた組織犯罪対策部薬物銃器対策課長の角田六郎は、笑いながら薫に話しかけた。

「さすがのお前も、ママチャリで坂道ダッシュはきつかっただろ？」

「朝から筋肉痛ですよ。でもおかげで、犯人の居所の目星がついたんで」

「じゃあ、今日も伊丹たちとローラー作戦か？」

「ええ。昨日より範囲を広げてね。じゃあ、行ってきます」部屋を出かかった薫が、振り返る。「右京さん、一緒に行きませんか？」

「……エカテリーナ・ジャスミン」

「んっ？」

特命係のふたりの嚙み合わない会話に角田が眉を顰《ひそ》めると、右京が捜査資料を手に滔々《とうとう》と語りはじめた。

「牧村遼太郎さんは自らの胸をナイフで刺して亡くなり、大宮アカネさんは神経毒を含むエカテリーナ・ジャスミンの葉を摂取して命を絶とうとした。アトリエで倒れているふたりを牧村さんの奥さんである智子さんと、ギャラリーオーナーの薬師寺さんが発見。その時点で、牧村さんだけがすでに息絶えていたそうです」

角田が智子の気持ちを思いやる。

「奥さんも気の毒だねえ。夫と愛人が心中してるところを見つけちまうなんざ……」

「で、なんで今さら三カ月前の心中未遂事件の資料を？」

薫が訊くと、右京は昨日の智子の言葉を引いた。

「智子さんいわく、あれは心中などではなく殺人だと」

「殺人⁉」薫が目を丸くした。

薫はローラー作戦に参加するのを取りやめ、右京とともに大宮アカネのアトリエを訪ねることにした。

「不倫関係のもつれねえ。まあ、あり得なくはないですけどね」

「ええ。大いにあり得ますねえ」

殺人の動機について右京と考察していた薫が、先に看板を見つけた。

「あっ、ここですね。大宮アカネさんのアトリエ」

チャイムを押した薫に、右京が大宮アカネにまつわる噂を明かした。

「魔性の女と言われているそうですよ」

「えっ？」

「彼女も牧村遼太郎同様、恋愛には奔放なタイプで、画壇の重鎮から気鋭の新人まで、多くの相手と浮名を流してきたとか」

「ほう、魔性の女ね。ちょっとなんかこう……緊張しますね」

「君、ちょっとワクワクしてませんか？」

「してませんよ」

と、ドアが開き、肌の露出の多い黒いドレスを着た女性が現れ、妖艶に微笑《ほほえ》んだ。

「お待ちしてました」

アカネはふたりをアトリエに招き入れながら言った。

「『椿二輪』が切り裂かれるなんて、なんだか自分の体を切られたような気分だわ」

「あの絵に描かれている花は、あなたと牧村画伯、おふたりの姿だと言われていますね」

右京が話を切り出すと、アカネはうなずいた。

「彼は最後の作品に、私への愛のありったけを込めたのよ。ねえ、デッサンに協力してくださらない？」

「協力って？」薫がポカンとする。

「おふたりのどちらかに、モデルになっていただきたいの。もし断るなら、これ以上なにも話す気はなくてよ」

「うーん……ジャンケン、ですかね」

「まあ、そういうことになりますねえ」

困惑したふたりは、ジャンケンで決めることにした。

「最初はグー、ジャンケンポン」

薫がパーを出し、右京はグーだった。

「あっ、勝った」

喜ぶ薫に、右京はすました顔で「では君が」と告げた。

「えっ、俺、勝ったんですよ？」

「負けたほうがやるとは言ってませんよ」

「ずるい……」

薫の非難はもっともだったが、結局はモデルをやらされることになった。

右手を頭の後ろで、左手は腹の横でそれぞれ開き、足を組んで座るという奇妙なポーズの薫をモデルにデッサンをしながら、アカネは牧村との思い出を語った。

「彼と恋に落ちたのは去年の春よ。桜が満開の頃だった。ふたりで燃えるような夏を過ごしたけど、秋になると、彼は心のバランスを崩しはじめた」

「なにか理由でも？」薫が訊く。

「モデルはしゃべっては駄目」アカネはピシャリと注意してから、回想を続けた。「あの人、私が他の男に気持ちを移すのを恐れたのよ。そしてついには、一緒に死んでくれ、永遠に一緒にいさせてくれ、と。あまりの情熱に、つい、ほだされちゃったの」

右京が心中の手段について言及した。

「牧村画伯はナイフで自らの胸を刺し、あなたは毒草のエカテリーナ・ジャスミンを摂取した」

「牧村さんのアトリエの庭に植えられていたから。私が毒草を紅茶に混ぜて飲んだあと、彼は自分の胸を刺した。ふたりの愛を、死によって成就させるつもりだったのに……運命って残酷ね」

「果たして運命だったのでしょうかねえ？」

右京の言葉で、アカネの手が止まった。

「あっ、失礼。いえ、捜査資料によれば、あなたの中毒症状はごく軽いものだったそうです。摂取した毒草は、致死量には遠く及ばない量でした。もしや、致死量を勘違いされていたのでしょうかね」

右京が疑問をぶつけると、薫もポーズを解きながら続いた。

「それとも、本気で死ぬつもりじゃなかったとか」

「モデルはしゃべらないでと言ったはずよ」

アカネがさっきより険のある声で注意する。

「はい……」

奇妙なポーズに戻る相棒には構うことなく、右京が右手の人差し指を立てた。

「もうひとつ、小さな疑問が。心中を企てたおふたりが、なぜひとりはナイフ、ひとりは毒草と、別々の手段で命を絶とうとなさったのか。一緒に死ぬのですから、同一の方法を選びそうなものですがねえ」

アカネが描きかけのデッサンを黒く塗りつぶした。

「死を決意した人間は、理屈では説明のつかない行動を取るものよ！　特に私たちのような、美の世界に生きる人間はね」

「なるほど。激しい情緒、炎のような衝動……それらに突き動かされるのが芸術家、ということでしょうかね」

「そのとおりよ」

アカネが挑むような目で右京を見た。

捜査一課の三人は目当ての人物を見つけ、アパートの階段を上っていくのを確認した。その男が二階にある自分の部屋のドアを開けようとしたとき、伊丹が警察手帳を掲げて近づいた。

「ちょっといいですか。小島純一《こじまじゅんいち》さんですよね？」

逆方向から麗音と一緒に近づいてきた芹沢はスマホを小島の前に差し出した。ディスプレイに表示された画像は、牧村遼太郎のギャラリーから逃げた男がバイクに乗る瞬間をとらえた防犯カメラの映像の一部だった。

「ここに写ってるの、これ、おたくじゃありません？」

麗音が写真の男の上着を指差す。

「今、着てらっしゃる上着、これと一緒」

小島は咄嗟《とっさ》に手すりを越えて飛び降りようとしたが、難なく取り押さえられた。

小島は警視庁に連行され、取調室で伊丹から強面を突きつけられた。

「どうして絵を切り裂いた？」

「よくあるあれ？」芹沢が答えを促す。「世間を騒がせたかったってやつ？」

小島はおどおどしながら答えた。

「頼まれたんすよ」

「誰に？」間髪を容《い》れずに芹沢が訊く。

「いや、誰なんて知らないっすよ。ダークウェブでやりとりしたんで。百万で、あの絵をズタズタにしてくれって」

「なんであの絵だったんだ？」

伊丹が重ねて訊いたが、小島は首を振った。

「だから知りませんって！」

「人を怪我させろとまでは頼まれてませんよね？」

麗音が机を叩くと、小島はビクッと身を震わせた。

「あれはただの弾みで……マジ反省してます！　心入れ替えます！」

「下手な芝居するんじゃねえよ」

伊丹が凄《すご》んだ。

その取り調べのようすを隣室からマジックミラー越しに右京と薫が見ていた。

「やっぱり、依頼人が別にいたんですね」

納得する薫に、右京が言った。

「牧村遼太郎の奥さんもアカネさんも、絵に描かれた椿は自分だと主張していますが、本心ではないかもしれませんねえ」

「実はふたりとも二輪目の椿が自分じゃないと思ってた？」

「であれば、嫉妬心から絵を切り裂きたいと考えても不思議はありませんねえ」

「たしかに……」薫が大きくうなずいた。

その夜、家庭料理〈こてまり〉には、薫の妻でフリーライターの亀山美和子の姿があった。

「知り合いの美術専門ライターに聞いたんですけど、牧村遼太郎って画家は、以前はそんなに評価は高くなかったって」

女将《おかみ》の小手鞠こと小出茉梨がカウンターの中で応じる。

「あら、それは意外ね」

美和子が続けた。

「情熱的な画風は、画壇では小手先の表現だって言われていたらしくて。だけど奥さんは夫の才能を疑わず、献身的に支え続けた。糟糠《そうこう》の妻だったたってもっぱらの評判らしいですよ」

薫は美和子の隣に座っていた。

「へえ。そんな奥さんを裏切って、罪な男だな」

「まあ、いかにも芸術家っていう感じがしますけどね」

小手鞠の言葉を受け、いつもの席で日本酒をたしなんでいた右京が蘊蓄《うんちく》を傾けた。

「ロセッティ、ゴーギャン、ピカソ……。天才といわれた芸術家の中には、女性関係が奔放だったことで知られる人物がいます。彼らの本能に任せた愛情生活は、自らの芸術を深めるための営みと考える向きもありますねえ」

「はあ」薫が呆れる。「一般常識が通用しないのが芸術の世界ってことですか」

「牧村遼太郎も、大宮アカネさんとの恋愛によって作品に魂が宿るようになったたって言われてるらしいよ」

美和子が聞きかじった知識を披露すると、小手鞠が微笑んだ。

「あら、魔性の女がミューズの役割を果たしたってことかしら」

「ミューズ……芸術の女神？　まあね……色っぽいっちゃあ、色っぽい人だったかな」

アカネの印象を語る夫に、美和子が迫る。

「んっ？　それはクラクラしちゃったってことかな？」

「いやいや、そんなことはありませんよ」

「おやおや」美和子が右京の口まねをする。「君はなにか誤魔化《ごまか》そうとしてますねえ」

「なにを言ってるの。俺がクラクラするのはお前にだけ」

「調子いいんだよ！」

夫婦のじゃれ合いを無視して、唐突に右京が言った。

「もうひとりいました」

「えっ？」薫が視線を妻から上司へ転じた。

「牧村遼太郎を支えていた人物が、もうひとり」

三

「炎の絵筆──牧村遼太郎追悼展」はますます盛況で、会場のギャラリーの入口にはオープン前から長蛇の列ができていた。薬師寺は行列に目をやってにんまりしながら、開場の準備をしていた。

そこに、スタッフに裏口から入れてもらったのか、右京と薫がふいに現れた。

「まだオープン前なんですが……」

戸惑う薬師寺に、右京が「お手間は取らせませんので」と断る。

薫が十字に切り裂かれた絵を指差す。

「『椿二輪』、戻ってきたんですね」

「ついさっき、警察のほうから」

「でも、このまま展示しちゃっていいんですか？」

「妙なもので、この状態を見たいという要望が数多く寄せられて。奥さまにも了解を得ていますので」

「作品に向けられた憎しみもまた、牧村遼太郎という画家を彩る物語のひとつ……」

右京が理解を示すと、薬師寺が薄く笑った。

「大衆とは、得てして物語性を求めるものですから」

と、右京がいきなり攻め込んだ。

「あなたにはそのことが、はじめからわかっていたのではありませんか？」

「はあ？」

「この追悼展、俺たちが来たときより、人気出てますよね。あそこまで並んでなかったですもん」

薫が外の列を見やる。右京は客の心理を推し量った。

「これまで芸術に縁遠かった人々も、事件によって、牧村遼太郎という画家の名を知り、例の心中未遂事件を知り、彼の作品に興味を抱いた。不謹慎を承知で申し上げれば、追悼展のタイミングで世の中の注目を集めるというのは、画家にとってなかなかの幸運です」

「なにがおっしゃりたいんですか？」

「では単刀直入に」薫が前に出た。「『椿二輪』切り裂き事件、仕組んだのはあなたじゃないんですか？」

右京がその根拠を述べた。

「牧村遼太郎は生前、画壇での評価はそれほど高くなかった。しかしあなたは早くから彼の才能を見抜き、作品を多数購入していたと聞いています」

「作品の価値を上げるには、作者の名前を広めるのが一番。だから……」

薬師寺が薫の言葉の先を読んだ。

「この絵を切り裂かせたっていうんですか？」

「どうでしょう？」右京が訊く。「動機としては無理がありますかねえ」

「当たり前ですよ！」薬師寺は言下に否定した。「画家の名を広めるためにその画家の作品を切り裂く？　あり得ませんよ！」

特命係の小部屋に戻りながら、薫が言った。

「まあ、証拠がないですからね。あれ以上は突っ込めませんよね」

「ええ」部屋に入った右京が郵便物に気づいた。「おや、君になにか届いてますよ」

「美和子が頼んでおいてくれたんですよ」

机の上に置いてあったＡ４判の封筒を、薫が手に取った。開封して中から雑誌を取り出し、右京に渡す。

「『アート羅針盤』。有名な美術雑誌ですねえ」

「牧村遼太郎の追悼特集が載ってるそうです」

右京がページをパラパラめくると、鉛筆描きのデッサンの写真があった。

「ご本人のスケッチブックですか」

薫ものぞき込む。

「アトリエの周辺ですかね？　落ち葉とか、アオガエルとか」

「近所を歩き回っていろいろと写生していたようですねえ」

右京がページをめくると、新たなデッサンが現れた。薫がそのひとつを指した。

「右京さん、これ！」

「ええ」

それは『椿二輪』のもとになったデッサンだった。

ふたりはその雑誌を持って、牧村のアトリエ付近を歩いてみることにした。デッサンを見ながら、実際の風景と照合してゆく。

「ここから見たアトリエがこの絵ですよね？」

薫の指摘に、右京がうなずく。

「ええ。こっちに行ってみましょうか」

道の途中の石地蔵、桜の木など、デッサンにある風景が次々に現れた。しばらく歩くと寺院にたどり着いた。デッサンの中にも寺院の門を描いたものがあった。

「あっ、これがこのお寺の門ですね？」

「ええ」

門に近づいた薫が、境内に目を向けた。

「あっ、右京さん、椿、咲いてますよ」

ふたりは境内に入り、実際の椿とデッサンを比べた。

「これですかね？」

「ああ、なるほど」

薫と右京が話し合っていると、寺の住職がやってきた。

「どうかなさいましたか？　なにか拙寺にご用でも？」

「あまりに見事な椿なもので、つい……」

右京がとっさに誤魔化すと、住職はにっこり笑った。

「それはそれは嬉しいことを！　どうぞ中へ。さあさあ遠慮しないで」

　ふたりはなりゆきで住職からお茶をふるまわれることになった。話し相手を求めていたのか、住職は庭の維持管理の難しさをいろいろと語った。

「……とは言うものの、なかなか手入れも行き届きませんで、見ていただくのもお恥ずかしい限りなんですが……」

「いえいえ、決してそんなことは」

　右京が持ち上げたところで、薫が話を戻す。

「あのご住職、こちらの椿なんですけども……」

「ああ、お目が高い！　侘助《わびすけ》っていう早咲きの品種でしてね、小ぶりながらなかなかの椿です」

　満面の笑みで応じる住職に、薫が雑誌を見せる。

「この牧村遼太郎という画家が、ここに写生に来たことはありませんかね？」

「牧村さん？　ああ、おいでになりました。なんですか……先日、亡くなったとお聞きしまして。もったいないことをなさいました」

　手を合わせる住職に、右京が訊く。

「先ほど、侘助は早咲きの品種とおっしゃいましたね？」

「ええ。十一月から咲きはじめてもうすぐ散りどきですか」

「普通、椿は四月、場合によっては五月まで咲いているものと思っていましたが」

「それが、この椿は二月から散りはじめて三月にはきれいさっぱり。その潔さがまた、なかなかの味でして」

「三月ですか……」

右京の眼鏡《めがね》の奥の瞳がキラリと光った。


寺を辞してから、薫が不思議そうに訊いた。

「右京さん、どうして花の咲く時期なんて気にしたんです？」

「どうやらもう一輪の椿は、奥さんでもアカネさんでもなかったようです」

「えっ？」薫は意味がわからなかった。

「我々は勘違いしていたのかもしれません」

「勘違いって……」

「いや、勘違いさせられていたんですよ」

右京は牧村遼太郎のアトリエを訪ね、智子に遼太郎のスケッチブックを見せてほしいと頼んだ。智子は快く応じて、スケッチブックを持ってきた。

「拝見します」右京はスケッチブックをめくり、椿のデッサンの実物を見つけた。「やはりそうでしたか」

　意味深長なつぶやきを智子が気にした。

「なにがですか？」

「『椿二輪』に描かれていたのは、牧村画伯と大宮アカネさんではなかったということです」

「どういうことですか？」

「モチーフになった椿のあるお寺の住職から話を聞いてきました。牧村画伯がこの椿を写生したのは、去年の三月以前。つまり『椿二輪』という絵は遺作とはいえ、その構想はかなり前からできていたことになります」

「それで？」

「しかし大宮アカネさんは、牧村さんと恋に落ちたのは去年の春、桜が満開の頃だったと言っていました」

　薫は大宮アカネのアトリエで同じ説明をしていた。

「桜が満開ってことは四月。おふたりの恋愛がはじまったとき、絵の椿はすでに散っていたことになりますよね？」

「そうだったかしらね」

とぼけるアカネに、薫がズバリ質問した。

「そもそも、本当に牧村さんと恋愛してたんですか？」

「どういうこと？」

「おふたりは付き合ってなどいなかった。あなたの言葉はすべてが嘘だった。違います？」

「なんのために私がそんな嘘を？　どういうつもりか知らないけど、ここまでくると冗談にもならないわ」

「いや、だけど……」

アカネが突然、癇癪《かんしゃく》を起こした。

「不愉快よ！　もう帰って」

牧村のアトリエでは、智子が右京の推理を認めていた。

「そうよ、あなたのご推察どおり。あの女は嘘をついているのよ。だって『椿二輪』に描かれているのは、この私だもの」

「ですが、もしふたりが付き合っていなかったとしたら、心中はおろか、不倫のもつれによる殺人など、起きるはずもないという不思議なことになるんですよ」

「えっ？」智子が虚を衝《つ》かれた顔になる。

「実はあの絵に描かれていた花は、誰のことでもなかったとは考えられませんかね？牧村画伯は、ただ近所のお寺に咲いていた椿を描いたにすぎない」

「つまりは、ただの写生だったと？」

「ええ、ただの写生です」右京が断じる。「純粋な写実にすぎない絵が見る者の魂を揺さぶる。それが芸術というものではないだろうかと、僕などには思えるのですがね」

「芸術論は人それぞれですから」

そこで右京は壁に掛けられた絵の入っていない額縁を指差した。

「ところで、あの額縁が気になっているのですがねえ。なんのために、額縁だけ飾ってあるのでしょう？」

「牧村が生きていたら、この先、どんな絵を描いただろうって、あの額縁を見ながら想像するんです。そうすると夫を近くに感じることができます」

「なるほど」右京が雑誌の絵を示す。「ただあの額縁、ここに写っている『椿二輪』の額縁と同じですね。ギャラリーに飾ってあったときは違う額縁でした」

「ああ」智子の顔に一瞬動揺が走った。「……あれはギャラリーに展示する際に、他の作品とのバランスを考えて変えたんです」

「そうでしたか」

「もうよろしいかしら？」

智子は話を切り上げると、右京の返事も待たずに部屋から出ていった。取り残されて額縁を見ていた右京の頭に、薫が最初に『椿二輪』を見たときに放った言葉がよみがえった。

——特に情熱は感じませんね。

右京は含み笑いしながら額縁に近づいて子細に眺め、糸のようなものが引っかかっているのに気づいた。

四

翌日、右京と薫は梅田剛が勤務する町工場を訪れた。『椿二輪』が切りつけられたとき、巻き添えを食って頬を怪我した若者である。

ふたりは梅田を近くの川の堤防に連れ出した。口火を切ったのは梅田だった。

「絵を切った犯人、捕まったそうですね」

「ああ。何者かに金で頼まれてやったらしい。いやあ、君も災難だったね」

薫が梅田の頬に貼られた絆創膏《ばんそうこう》に目をやった。

「いえ、そのことはもう……」

右京は梅田の上着に視線を走らせた。

「あのとき、ギャラリーで気づいたのですがね、その上着、裏地が破れていますね。どこで、なにに引っかかって破れてしまったのでしょうね？」

「覚えてませんよ、そんなの」

「そうですか」右京が話題を変える。「ところで牧村画伯のアトリエに、絵の入っていない額縁がひとつだけありましてね。元々は『椿二輪』を収めていた額縁らしいんですが、木製の太いフレームには彫刻が施され、その一部に繊維が引っかかっていました。光沢のあるオレンジ色の繊維で……そう、この裏地の繊維ではありませんかねえ？」

右京が証拠品袋に入った糸状の繊維を見せると、薫が梅田の罪を暴く。

「君、窃盗のマエが二度あるね。手口は二回とも同じ。留守宅にピッキングで侵入し、現金やクレジットカードを盗み出す。牧村さんのアトリエにも盗みに入ったな？」

「えっ」

右京が梅田の犯行を推理で再現した。

「あなたはアトリエから『椿二輪』を持ち出そうとした。そのまま抱えていてはあまりに目立つと思い、その上着で隠そうとした。そのときに裏地が破れた。しかし、額縁のフレームは太く、なおかつ厚みがあって包みづらい。そこで、額縁から絵を外して持ち去ることにした。その後あなたは、牧村遼太郎追悼展に『椿二輪』が出品されることを知った」

薫が梅田の胸中を読む。

「驚いただろうね、自分が盗んだはずの絵が展覧会に出るなんて」

右京が続ける。

「どういうことなのか、確かめずにはいられなかった。そしてあの事件に遭遇した」

うなだれる梅田の肩を、薫が叩く。

「話はあとでゆっくり聞かせてもらうからな」


右京と薫が梅田のアパートを訪れると、盗まれた『椿二輪』の絵が額縁なしでテーブルの上のスタンドに飾られていた。

「おやおや、部屋に飾ってあるとは」

「戦利品を眺めて悦に入ってたんですかね？」

右京が絵をしげしげと眺める。

「贋作《がんさく》とはやはり迫力が違いますねえ」

薫も同調した。

「ああ、たしかになにかが違う……」

「君にもわかりますか？」

「なんとなく……」

薫が曖昧《あいまい》にうなずくと、右京が言った。

「問題は牧村遼太郎の奥さんです。夫の遺作が盗まれたにもかかわらず、警察に被害届を出すこともなく……」

　薫が右京の言葉を継いだ。

「贋作だとわかってる絵の前で、あんな芝居をした」

「ええ」

五

　警視庁の取調室で梅田を取り調べていた伊丹は、ため息をつきながら同じ質問を繰り返していた。

「盗みに入ったのはいつなの？」

　梅田も同じ答えを繰り返した。

「忘れました」

　芹沢がうんざりした口調で言った。

「いやいやいや、忘れないでしょ、普通！」

　翌日、右京と薫は牧村遼太郎のアトリエを訪ねた。

「追悼展、ますます人気が出てるみたいですね」

「今や展覧会に訪れるのは、下世話な興味に突き動かされた人ばかりではない。牧村遼太郎の作品そのものに魅了され、リピーターになった方も増えているようですねえ」

薫と右京に夫を褒《ほ》められて、智子の頬が緩む。

「夫も喜んでいると思います。ところで、今日はなんのご用でしょう?」

「まずはこれをお返ししようかと」白手袋をはめた薫が本物の『椿二輪』の絵を段ボール箱から取り出した。「窃盗犯がこのアトリエから盗み出したと供述しました」

表情の硬くなった智子に、右京が左手の人差し指を立てた。

「もうひとつ。牧村画伯の死の真相がわかりました。あなたのおっしゃったとおり、心中などではありませんでした。あれは、お芝居の第一幕だったのです」

「お芝居ですって?」

「ええ。三カ月前の心中未遂事件、そして、今回の『椿二輪』切り裂き事件。これらの出来事は、ひとつの動機で繋《つな》がった一連のお芝居だったのですよ」

「主役は亡き牧村遼太郎さん、演出家はあなた」

薫が割り込み、右京が続ける。

「そして観客は噂好きで物見高く、野次馬的好奇心を持ち合わせた一般大衆です」

「おっしゃっている意味がわかりません」

智子は顔をそむけたが、右京はやめなかった。

「では、お芝居が書かれた背景を少々。あるところに、ひとりの才能ある画家がいました。彼の描く絵は情熱的で、燃えるような魂を感じさせるものでした。しかし彼自身は生み出す作品とは裏腹に、情熱とは程遠い静かな性格の持ち主でした。恋愛に心を燃やしたこともなく、有名画家の娘と見合い結婚したのちは、妻の実家の庇護のもと、日々淡々と絵を描き続けていました。そんな彼、牧村遼太郎に向けられた画壇の評価は不当なものでした。情熱ほとばしる画風はまがい物。実体験に裏打ちされていない小手先の技巧……」

夫を侮辱され、智子が声を荒らげた。

「やめてください！」

薫が話題を変える。

「窃盗犯ははじめ、このアトリエに侵入した日時を話そうとしなかったんです。なんでかっていうと、ここで牧村画伯の遺体を見つけたからです。このアトリエに盗みに入ったのは、去年の十月二十二日」

その日になにがあったか、右京が声を張って強調した。

「心中事件の通報と同じ日でした」

薫が続ける。

「窃盗犯は一瞬そのまま逃げようかと思ったものの、結局壁に飾ってあるこの絵を盗んだ。そう言ってました」

　右京が智子と正面から向き合った。

「ちなみに牧村画伯はひとりで亡くなっていたそうですよ。大宮アカネさんの姿など、どこにもなかったと。つまり牧村画伯、あなたのご主人は単独での自殺だった。それをあなたが心中に偽装したのですね？」

　ここまで知られていてはもはや隠し立てできないと思い至り、智子は大きくため息をつき、ぽつりぽつりと話しはじめた。

「あの朝、寝室で遺書を見つけました。自分の才能に絶望したって、ひと言だけ。すぐに薬師寺さんに連絡して、魔性の女と評判の大宮アカネさんを呼んでもらいました。そしてアカネさんを説得しました……」

　智子はあのときのアカネの驚愕《きょうがく》した顔をありありと覚えていた。

「偽装心中って？」

　傍らの遼太郎の遺体に脅えるアカネの耳に、智子は悪魔の入れ知恵を吹き込んだのだった。

「この人を情熱の画家に生まれ変わらせるの。数々の恋に身を焦がし、炎のような感情のすべてをカンバスに叩きつけた画家にね。そうすれば、きっとあなたの絵にも説得力が出るはずよ。大衆は芸術作品の背景に物語を求める。物語性こそが美を本物にするんだから」

説得が効いて、アカネは決意した。

「やるわ。でも牧村さんのためじゃない。自分自身のためにね」

「そうよ。それでいいの!」

虚脱して座り込む智子に、右京が言った。

「そしてあなたの目論見《もくろみ》どおり、心中未遂事件が報道されたのち、牧村遼太郎に対する画壇の評価は一変しました」

智子が自嘲するようにつぶやいた。

「作品からほとばしる情熱は本物だ。女たちを愛し、魂を燃やすような経験のすべてが絵筆に昇華されている、と」

薫が質問した。

「『椿二輪』がなくなっていることにはいつ気づいたんですか?」

「夫が亡くなった翌日です。てっきり本人が処分したんだとばかり……」

右京が事件の後半部を解き明かす。

「あなた方は、絵が失われた事実を利用して、第二のお芝居を打った。それが、あの切り裂き事件でした」

薫は切り裂かれた『椿二輪』の正体に触れた。

「ギャラリーに飾ってあったのは、大宮アカネさんが描いた偽物だったんですよね？」

智子が立ち上がって力を込めて言った。

「ひとりの天才の存在を世の中に教えてあげたかったの。芸術離れが著しい、この世の中に」

自分のしたことの愚かさに気づいていない智子に、右京が厳しく言い放つ。

「もしかしたら芸術から最も離れた場所にいたのは、あなた方かもしれませんねえ。牧村遼太郎の作品が本物であれば、たとえ、どれほど時間がかかろうとも、やがては正当な評価を得るはず。そうは思いませんでしたか？」

ぽかんとする智子に、薫が明かす。

「窃盗犯がね、不思議なことを言ってたんですよ。なんで今回に限って、現金とかカードじゃなく、絵を持ち去ったんだ、そう訊いたらなんて答えたと思います？　自分でもわからないけど、ただ欲しかったからって」

右京が補足した。

「彼はそれまで、牧村遼太郎という名前も、この作品の価値も、まったく知らなかったそうですよ」

「それでも無性に手に入れたくなった。この絵を盗み自分の部屋に飾り、毎日眺めてるうちに人生を変えたくなってきた。で、真面目に働くようになった。そう言ってました」

薫の言葉を聞いた智子は、戻ってきた『椿二輪』を慈しむように見つめた。

「愚かなことをなさいましたね。実際のところ、あなたは牧村遼太郎という画家の才能ばかりか、彼の作品が持つ力すら信じていなかった。そうとしか言いようがありません」

右京に苦言を呈されても、智子は反論しなかった。

「この絵を見て、人生を変えたくなった。窃盗犯はそう言ったんですよね？」

「はい」薫が認めた。

「私の夫はやっぱり、本物の芸術家だったんですよね？」

「ええ。そう思いますよ」

右京も認めたとき、智子の目から涙が落ちた。


その夜、〈こてまり〉でみんなが事件を振り返っていた。

「いや、いくら芸術のためとはいえ、自殺を心中事件に見せかけるなんてね……」

「ねえ。ちょっと怖すぎますよね」

美和子と小手鞠の意見に、薫が大きくうなずく。

「本当、本当。あっ、そうだ右京さん、俺ね、わかんないことがひとつあるんですけど」

「ええ、なんでしょう？」

「どうして右京さんは、ギャラリーに展示してある絵が贋作だってわかったんですか？」

「君のおかげですよ」

右京の回答は薫の意表を突いた。

「は？」

すかさず美和子が詰め寄る。

「どうして薫ちゃんのおかげなんですか？」

「展示された『椿二輪』を見たとき、かすかに違和感を覚えました。それまでの作品と比べて、なんといいますか……奥深さに欠けるといいますかねえ。しかし、僕の見る目のほうに問題があると思いました。ですが、君はこう言いました。『特に情熱は感じませんね』と。君のあまりにも率直な感想に、僕も先入観を捨てて見つめ直そうと思いましてね」

小手鞠が目を丸くした。

「それで贋作じゃないかって疑いはじめたんですか？」

「ええ。芸術からは程遠いがゆえの、自由な君の審美眼のおかげです」

「それは褒めてますか？　けなしてますか？」

首をかしげる薫を、右京は焦《じ》らした。

「さあ、どちらでしょう？」

「えっ……」

「褒めてる、褒めてる。これは褒めてる」

「褒めてますね」

美和子と小手鞠に言われて、ようやく薫も納得した。

「あっ、そうですか」

右京が猪口《ちょこ》を掲げた。

「亀山くん、いずれにしてもどうもありがとう」

「どういたしまして」

薫も猪口を掲げた。

「乾杯！」

陶器のぶつかる乾いた音とともに、笑い声が満ちた。

第十三話

まばたきの叫び

一

亀山美和子はフリーライターである。取材先の最寄り駅で電車を降りた美和子は、腕時計で時間を確認した。

「ちょっと早いけど行くか」

そう独語すると、取材先の柳沼《やぎぬま》家に向かった。美和子は気づいていなかったが、時計を見るために立ち止まった場所のすぐ脇には掲示板があり、そこには周辺一帯で発生している連続強盗事件に注意を促すポスターが貼ってあった。ポスターによると、連続強盗犯はやせ型の男で、黒っぽい上下に黒の目出し帽をかぶっているらしかった。

アポの時間より少々早めに柳沼家に到着した美和子はインターホンを押したが応答がなかった。もう一度押しても反応がないので、門扉を開けて玄関の前に立つ。試しにドアノブを回すと、簡単にドアが開いた。

「こんにちは。ごめんください！　亀山ですけど」

相変わらず応答はなかったが、なにかのアラーム音が鳴っているのに気づいた。美和子はアラーム音の正体を確かめようと室内に上がった。そして、悲劇に見舞われた。居間で腹に果物ナイフが刺さった男の死体を発見し、その直後に黒い目出し帽の男に襲われたのだ。

美和子は玄関まで逃げ、ドアを開けて大声で助けを呼んだ。しかし、次の瞬間、後頭部に強い衝撃を覚え、そのまま倒れ込んでしまった。


連絡を受けた美和子の夫、薫は同じ警視庁特命係の上司、杉下右京とともに美和子が運び込まれた病院へ急行した。

病室に入ると、美和子は頭に包帯を巻き、ベッドに寝かされていた。

「大丈夫か、美和子？」

薫が手を握ると、美和子は目を開け、弱々しい声で「薫ちゃん……右京さん……」とふたりの名を呼んだ。しかし、そこまでだった。美和子の目はゆっくりと閉じられ、薫に握られていた手がストンと力なく落ちた。

「美和子！」薫が妻の名を叫んだ。


柳沼家には捜査一課の刑事たちと鑑識課の捜査員が集まり、現場検証がおこなわれていた。

出雲麗音が先輩刑事の伊丹憲一に報告した。

「殺されたのは町岡卓也《まちおかたくや》さん、二十五歳。この家に派遣されているホームヘルパーです」

鑑識課の益子桑栄が死因について語った。

「腹部を果物ナイフでひと刺し。おそらくこれが致命傷だな」

伊丹が遺体に目を走らせ、室内を見回した。

「両手を後ろ手に結束バンドで縛って、室内を物色か……」

芹沢慶二が指摘する。

「例の連続強盗犯と同じ手口ですね」

益子は玄関先に転がった花瓶と床にべっとり付着した血痕について説明した。

「亀山美和子はこの花瓶で頭を殴られてる。かなりの出血があったらしいぞ」

その美和子はベッドの上であくびをしていた。

右京が苦笑した。

「寝不足でまさかの寝落ちでしたか」

「勘弁してくれよ」薫がぼやく。「俺はもうてっきり……」

薫が美和子の名前を呼んだすぐあと、美和子は気持ちよさそうにいびきをかきはじめたのだった。

「ふたりの顔見たら安心しちゃって。ご心配おかけしました」

「ご無事でなにより」

「それにしても、なんでまたあの家に行ってたんだよ？」

　薫の質問に、美和子は「取材よ、取材」と答え、そのときの状況を語った。

「インターホンを押したんだけど、誰も出てこないから、なんかおかしいなと思ってドアを開けたら、アラーム音が聞こえたので家の中に入ってみたのよ。そしたら男の人がお腹を刺されて床に倒れていて、それに気を取られていたら奥の部屋から男が出てきて襲われたの。犯人は目出し帽をかぶっていて、身長は一七〇センチから一八〇センチくらい」

　右京は犯人よりも取材対象を気にした。

「ちなみに取材というのは、柳沼勝治《かつじ》の取材ですか？」

「そうです」

「誰ですか、その人？」

　薫はその名を知らなかった。

　捜査のおこなわれている柳沼家では、その頃、伊丹が奥の部屋のベッドに横たわるひとりの男を苦々しく見ていた。

「柳沼勝治、もうシャバに出てたのか」

「あの通り魔殺人の犯人ですよね？」

確認する麗音に、芹沢が「そう」とうなずき、説明した。

「十五年前、三度目の大学受験に失敗して自暴自棄になり、見ず知らずの女性を殺害した」

被害者は佐竹綾《さたけあや》という名のシングルマザーで、殺害されたとき、五歳の息子、良輔《りょうすけ》を連れて街に出かけていた。

「たしか、死刑になりたくて犯行に及んだ」

麗音が目をつぶって怒りを噛み殺すと、伊丹は吐き捨てるように言った。

「ああ、最低の野郎だ」

芹沢が続けた。

「結局下された判決は懲役十四年。半年前に出所したようで、その直前に脳卒中で倒れてこの家で寝たきりに」

伊丹が広々とした室内や高級そうな調度品を見回して言った。

「しかし、ずいぶんといいとこに住んでるんだな」

「両親が財産家で、遺産がかなりあったみたいです」

麗音が説明したとき、ひとりの捜査員が報告に来た。

「伊丹さん、奥さまがお見えになりました」

「奥さま？」

玄関に移動すると、意志の強そうな顔立ちの女性が立っていた。

「妻の聖美《さとみ》です。あの、勝治さんは、主人は無事なんでしょうか？」

病室では薫が美和子に質問していた。

「その男、獄中結婚してたのか？」

「うん、三年前にね。相手は大手商社でバリバリ働いてる女性」

「なんでまた受刑者と結婚を？」

「それが今回の取材の……」美和子が上体を起こそうとして、頭を押さえた。「痛っ！」

「なるほど。そういうことでしたか……」

右京が納得してうなずいた。

右京と薫が柳沼家の前まで来たとき、ちょうど捜査一課の三人が出てくるところだった。

宿命のライバルを見つけた伊丹が、さっそく嫌みをぶつけた。

「特命係にわざわざお出ましいただかなくても、もう目星は付いてますんで」

「おお、さすがですね！　教えて」

薫が手を差し出すと、芹沢が言った。

「亀山先輩、聞きましたよ。無事でよかったですね、奥さん」

伊丹が悪態をつく。

「夫婦そろってお騒がせとはな。まあお前は亀子の看病でもしとけ」

「そうするためにも教えて」

再び手を出す薫を無視して、伊丹と芹沢は去っていったが、麗音は声を潜めて情報をリークした。

「このところ発生している連続強盗事件。手口から見て、その犯人じゃないかって」

「どうもありがとう」右京が礼を言う。

「出雲！　さっさと来い！」

芹沢に呼ばれ、麗音も走り去った。右京は門を入る前に、塀の一部がペンキで塗り直されているのに気づいた。

特命係のふたりを家に招じ入れ、聖美が薫に恐縮そうな眼差しを投げかけた。

「あの、奥さまのご容体は？」

「あっ、ご心配なく。おかげさまで、たいしたことなかったですから」

「それはよかったです。どうぞ」

聖美はふたりを勝治の寝ている奥の部屋へいざなった。勝治は介護ベッドに横たわっていた。ベッドの横には人工呼吸器が据えられ、そこから伸びたチューブが勝治の喉に挿入されていた。目を引いたのは、スタンドアームに取りつけられたノートパソコンだった。ちょうど勝治の顔の前にパソコンの画面があった。

「体を動かすことも、話すこともできませんけど、目は見えてますし、耳も聞こえています」聖美はふたりに説明してから、勝治に言った。「別の部署の刑事さんがまた話を聞きたいんだって」

「警視庁特命係の杉下です」

「亀山です」

「亀山美和子さんのご主人」

聖美が言い添えたので、薫は「はじめまして」と付け加えた。

すると、勝治がパソコン画面の五十音表を目で追った。やがて、パソコンから音声が流れてきた。

「かめやまみわこ　いのちのおんじん」

「意思伝達装置ですね」

右京のひと言を受け、薫が聖美に訊《き》いた。

「視線の動きだけで操作を?」

「ええ。メールやインターネットも使えるんです」

「便利なものがあるんですね」

「あとはまばたきでもコミュニケーションが取れます」聖美が補足した。「まばたき一回がイエス、まばたき二回がノーの合図で」

「なるほど。ではさっそく」右京がゆっくり勝治に質問する。「あなたは犯人を見たんですね？」

勝治が一回まばたきする。

「イエスですね。では次に、犯人は目出し帽をかぶっていた。間違いないですか？」

今度もまばたきは一回だった。

「イエス」

勝治はさらに視線で入力した。音声が流れる。

「はんにん　ごうとうはん」

聖美が補足した。

「強盗犯は家に押し入ってすぐに町岡さんを拘束したそうです。町岡さんもかなり抵抗したみたいです。そして、町岡さんを刺し殺すと、主人の人工呼吸器のチューブを引き抜いたようです」

右京が直接勝治に確認する。

「犯人はあなたも殺害しようとしたんですか？」

勝治が一回まばたきした。

「イエス」

再び聖美が説明した。

「でも、ちょうどそのとき、美和子さんが家に来て、目出し帽の犯人に襲われた。犯人はそのまま逃走したそうです。だけどそのあと、意識を取り戻した美和子さんがすぐにこのチューブを入れ直してくれたんです。ずっとアラーム音が鳴っていたようで」

「そういうことだったんですね」

事態を理解した薫に、聖美が頭を下げた。

「本当にありがとうございます」

「いえいえ。とにかくご主人が無事でよかったです」

「ちなみに強盗の被害などは？」右京が訊く。

「現金三十万円ほどと、腕時計やアクセサリーなどが盗まれていました」

と、勝治がパソコン画面を目で追った。

「ころしてやる」

いきなり物騒な音声が流れたので、薫が驚いた。

「えっ？」

勝治がまた視線入力した。

「はんにん　にんげんのくず」

困惑する薫に、追い打ちをかけるように音声が流れる。

「おまえがいうなってかおしてる」

「いやいや、そんなことは……」

薫が懸命に否定すると、合成音の笑い声がむなしく響いた。

「あはははははは」

聖美はふたりを門の前まで見送った。

「ご苦労さまでした」

右京が塀を一瞥《いちべつ》して言った。

「落書きの被害にあったんですか？」

「はい？」

「塀の一部に塗り直した跡があったものですから」

「ええ、そうです」聖美が小さくうなずいた。「他にも窓ガラスが割られたり、植木鉢が壊されたり。ここに勝治さんが住んでることを突き止めたんでしょうね」

「あの」薫が揉み手しながら口を開く。「立ち入ったことをお訊きしますけれども、なんで勝治さんと結婚を？　いや、弁護人を通じて、獄中の勝治さんと手紙のやり取りをして、結婚を申し込んだのもあなたからだったって聞いたんですけど」

「いけないですか？」薫をまっすぐ見つめて聖美が反問した。

「えっ？」

「殺人犯と結婚しちゃいけないんですか？　それとも殺人犯には結婚する資格なんてないんですか？」

「いえ、そんなことはありません」

「世の中から憎まれてる人にも、ひとりぐらい味方がいたっていいじゃないですか」

聖美は感情を殺したような声で静かに主張すると、一礼して玄関に向かった。

二

特命係の小部屋に戻ったふたりは、パソコンの画面を見ていた。そこには手錠をかけられているにもかかわらず、笑顔でピースサインをする柳沼勝治の写真が表示されていた。

薫が重い口調で言った。

「十五年前、柳沼勝治が逮捕されたときの写真ですか。こんな態度、遺族からしたらたまんないですね」

そこへ組織犯罪対策部薬物銃器対策課長の角田六郎が「暇か？」と言いながら入って

きた。

「あっ、ワイフ、大変だったらしいな」

「おかげさまで今はピンピンしてます」

「そりゃよかった」角田もパソコンをのぞき込んだ。「ああ、現場、柳沼勝治の家だったんだってな」

「課長もよくご存じで？」

「逮捕されてから、一時期ワイドショーはこいつの話題で持ち切りだったからな」

右京が画面をスクロールして記事を表示すると、薫がそれを読み上げた。

「弁護士の父親を持ち、裕福な家庭で育った柳沼勝治は大学受験に幾度か失敗したことで精神的に追い詰められ、通り魔殺人という凶行を企《くわだ》てた。その動機も死刑になりたいという身勝手極まりないもので……」

右京は裁判のようすも覚えていた。

「裁判のときにも、柳沼は言いました。後悔してるのは、ひとりしか殺せなかったことだと。あとふたりくらい殺していれば、死刑になったのに。それだけは後悔していると。遺族に対しても謝罪の言葉はいっさいなかったそうです」

「反省のかけらもなしか……」

「でも、なんで柳沼勝治のこと調べてるんだ？　伊丹たちは例の連続強盗犯を追ってるんだろ?」

疑問を投げかける角田に、薫が明かした。

「犯人の本当の目的は別にあったんじゃないかと」

「本当の目的?」

それに思い至ったのは右京だった。

「連続発生している五件の強盗事件は、いずれもひとり暮らしの高齢者を狙ったもの。なぜ今回に限って柳沼家を狙ったのか?」

薫が根拠を付け加える。

「犠牲者が出たのも今回が初めて」

「一方で柳沼家には、以前から何者かによる嫌がらせが続いていました」

「つまり、どういうこと?」

角田が右京に迫った。

「真犯人の目的は連続強盗犯の犯行に見せかけて、柳沼勝治を殺すことだったとも考えられますねえ」

「なんだって⁉」

薫が笑いながら付言した。

「まあ、あくまでも推測ですけどね、俺たちの」

「でも、柳沼勝治に殺意を抱く人間となると……」

角田の言葉を右京が先に言った。

「ええ、限られますね」


その夜、柳沼家の勝治の部屋では、聖美が勝治の手を握って上下に動かし、リハビリをしていた。

体の自由が利かない勝治は視線入力と合成音声で聖美に話しかけた。

「ざんねんだったな」

「うん？　なんのこと？」

聖美が感情を表に出さずに応じると、勝治は合成音声で返した。

「なんでもない」

聖美は勝治のリハビリを続けた。

「明日の朝、寒くなるんだって。靴下暖かいのに替えとくね」


美和子は病院の休憩室で、柳沼聖美を取材したときにボイスレコーダーに録音した音声をイヤホンで聴いていた。

――私、親に捨てられたんです。母親が私を置き去りにして若い男といなくなって。

それからは親戚の家をたらい回しにされて、どこにいても邪魔者扱い。居場所なんてどこにもなかった。あのときの勝治さんも同じだったと思うんです。家庭にも社会にも居場所がなくて。

——そんな勝治さんに共感を覚えて、結婚を？

——彼も孤独だったと思うんです。私と同じように。

美和子はボイスレコーダーを停めると、しばし考えてから、メモを取った。そして、外出の支度をはじめた。

翌朝、右京と薫は公園を歩いていた。薫が右京に話しかけた。

「いやあ、それにしても、俺にはわかんないですね」

「はい？」

「柳沼の奥さんですよ。『世の中から憎まれてる人にも、ひとりぐらい味方がいたっていいじゃないですか』って。そうは言っても、通り魔殺人の犯人と結婚して介護までしてるんですからね」

「そうですねえ」

右京が生返事したとき、薫のスマホの着信音が鳴った。

「あっ、ちょっとすみません」

右京に断り、電話に出る。美和子からだった。

「はい、もしもし」

——もしも〜し、もしも〜し。

「もしも〜し、じゃねえよ、呑気に！　無断で病院抜け出して、どこにいるんだ、今？」

——心配しないで。夜までには帰るから。

「あっ……切られちゃいました」薫は苦々しそうに右京に報告する。

「そのようですね」

「昨日の今日でなに考えてるんですかね」

そこへフードデリバリーの制服を着た配達員の若者が自転車に乗って現れた。

「あのお、杉下さんですか？」

「ええ、杉下です。佐竹良輔さんですね？」

右京は通り魔殺人の被害者の息子と会う約束を取り付けていたのだった。

公園のベンチに座って右京の話を聞いた良輔は開口一番言った。

「嫌がらせ？　俺じゃないですよ。第一、犯人のことはなんとも思ってませんから」

「えっ、なんども？」薫が意外な顔になる。

「はい、なんとも」

「ところで十五年前ですが、事件現場にはあなたもいらっしゃいましたね？」

右京に確認され、良輔はうなずいて遠くを見た。

「でも、事件のことはもうほとんど覚えてないんです。俺が五歳のときのことですから。だから、犯人に対しても憎んだりとか恨んだりとか、そういう気持ちもあんまりなくて」

「ちなみに柳沼勝治は出所後、本名でSNSをはじめています。そのことはご存じでしたか？」

「そうなんですか」

「『柳沼勝治@元殺人犯』っていう、どうかと思うアカウント名なんだけどね」

薫がスマホで勝治のページを見せた。プロフィール写真には、逮捕時のピースサインの写真が使われていた。

「どうしようもない人ですね、この人」良輔が立ち上がる。「もういいですか？　件数こなさないと、食っていけないんで」

右京が左手の人差し指を立てた。

「では最後にひとつだけ。昨日の昼十二時から午後二時くらいまでの間はどちらにいらっしゃいました？」

「昨日は風邪っぽくて一日中寝てました」

「そうですか。あっ、お忙しいところ……」

「いえ、全然」

自転車に乗って去っていく良輔を見送って、薫が右京に印象を問うた。

「どう思います？」

「言葉通りには受け取れない気もしますが、もし彼が犯人だと仮定した場合、なぜヘルパーの町岡卓也さんを殺す必要があったのでしょう？　そこが繋《つな》がりませんね」

「右京さん、ここでひとつ、俺の推理を聞いてもらってもいいでしょうか？」

「それはぜひ」

「犯人は柳沼勝治ではなく、はじめから町岡さんを殺すつもりだった。動機は柳沼勝治への復讐《ふくしゅう》だと思い込んでいましたが、そもそもターゲットは町岡さんだった可能性もあるわけですよね？」

得意げに胸を張る薫を、右京が一刀両断にする。

「その可能性なら、僕も最初から考えていましたが。それだけですか？」

「それだけです……」

「どうもありがとう」

右京は何事もなかったかのように歩き出した。

三

柳沼勝治を担当している訪問介護ステーションでは、所長の桑村真琴《くわむらまこと》がヘルパーの洲《す》本和哉《もとかずや》に、殺された町岡の後任を頼み込んでいた。

「俺だって嫌ですよ……」

渋る洲本に、桑村が頭を下げる。

「お願い。このとおり！」

「ああもう、わかりました。やります」

「助かるわ。ありがとう」

そこへ右京と薫が現れた。薫が会釈した。

「あの、お取り込み中すみません」

桑村は特命係のふたりを事務所に招き入れた。

「うちもよそと一緒で人手不足で」

桑村の顔に苦労がにじみ出ているのを見て、薫が謝った。

「ああ、大変なときにすみません、所長さん」

「柳沼さんのところも、さっきの洲本くんが引き受けてくれたんで助かりましたよ。で、町岡くんのことでしたっけ？」

「ええ」右京が話を切り出した。「最近、町岡さんになにか変わったことはなかったかと思いましてね」

「変わったことね……」桑村はしばし思案した。「あっ、そういえば、競馬で大穴を当てたって喜んでましたよ。百万円。一週間くらい前かな」

「競馬で百万円ですか？」右京が訊き返す。

「闇金から借りたお金もそれで返済したって」

「闇金ですか？」今度は薫が訊き返した。

「ええ。彼、ちょっとお金に困ってたみたいで、給料の前借りも何度かね……」

そのとき事務員が桑村を呼んだ。

「所長、お電話です」

「ちょっと失礼します」

桑村が席を外したところで、右京が嚙みしめるように言った。

「町岡さんはお金に困ってましたか……」

と、薫のスマホが振動した。美和子からメールが届いたのだった。

「美和子の奴、病院に戻ったみたいです。俺たちに報告したいことがあるって」

病院の休憩室で美和子がふたりに報告した内容は、意外なものだった。

「柳沼聖美さんと十五年前の被害者、佐竹綾さんの接点を見つけました」

「えっ、本当か？」

美和子が首肯し、一枚の写真をテーブルに置いた。同じ町内の子供会だろうか、年の違う数人の子供たちが笑顔で写っていた。美和子が一番端の女の子を指差した。

「この子が聖美さん。その隣にいる子が綾さん。聖美さんは母親の失踪で、小学二年から四年まで、静岡県の沼鶴町《ぬまづるちょう》の親戚の家に預けられていました。その近所に住んでいたのが五歳年上の綾さんでした」

美和子が話を聞いた沼鶴町の主婦はしみじみと語ったのだった。

――聖美ちゃん、いつもひとりでね、それを見かねた綾ちゃんが一緒に遊んであげてたのよ。あのふたり、姉妹みたいに仲が良くてね。でもそれもずいぶん前の話。聖美ちゃんは別の親戚の家に預けられることになって、綾ちゃんは、その後東京に出ていって……あんなことになるなんてね……。

話を聞いた薫は腕組みをして言った。

「だとしたら、そんな大事な人を殺した柳沼勝治と聖美さんが結婚したのは……」

「うん」美和子がうなずく。「ひとつ考えられるのは……」

ふたりの言わんとしていることは、右京には自明だった。

「復讐ですか？」

「はい」美和子が同意した。「聖美さんが獄中結婚したのもそれが理由だと思うんです」

その理由を右京が改めて口にした。

「柳沼勝治が出所したら行方がわからなくなるかもしれない。だから逆に彼に近づき、結婚にこぎ着けた」

「いや、でもそこまでしますかね？」

薫は首をかしげたが、美和子は折れなかった。

「いや、でもそれしか説明がつかないのよ」

翌朝、右京と薫が柳沼家を訪れたとき、聖美はひもで縛った段ボールを門の横のゴミ集積場に出していた。

「おはようございます。朝早くからすみません」

笑顔で挨拶する薫に、聖美は怪訝《けげん》そうに応じた。

「おはようございます。勝治さんにまだなにか？」

「いえ、今日はあなたにお話が」

「なんでしょう？」

話を切り出したのは右京だった。

「ぶしつけながら、佐竹綾さんについてお話をうかがえたらと思いまして」

「佐竹綾さん？　ああ、十五年前の。私、その方のことはなにも」

とぼける聖美の前に、薫が美和子から入手した写真を出した。

「綾さんのこと、お姉さんみたいに慕ってたそうですね」

聖美は表情を変えるでもなく、言下に否定した。

「人違いじゃないですか？」

「でも小学生の頃の一時期、静岡の親戚に預けられていた。それは事実ですよね？」

「ええ。でもその写真の女の子は私じゃありませんから」

そのとき家の中から音が聞こえた。

「なんか鳴ってますけど大丈夫ですか？」

「ブザーの音です。私やヘルパーさんを呼ぶとき、彼が鳴らすんです」

特命係のふたりは聖美とともに柳沼家に上がり、勝治の部屋に入った。

聖美がブザーを止めた。

「起きたのね。起こすわよ。いい？」

「おはようございます」

「聖美さんに無理言ってお邪魔しちゃいました」

右京と薫が勝治の顔をのぞき込んだ。

「ぶざーがどうした？」

右京の質問に、勝治は視線入力と合成音声でそう答えた。

「先ほどブザーの音が表まで聞こえましたした。ふと気になりましてね。事件のあった日、ブザーが鳴っていたかどうか」

「美和子にも確認しました。ここを訪ねたとき、アラーム音は鳴っていたけど、ブザーの音は聞こえなかったそうです」

「なぜブザーを鳴らさなかったのでしょう？　犯人を目の前にして、助けを求めることもできたと思いますが」

「もしかして、犯人をかばってるとか？」

薫がほのめかすと、勝治が答えた。

「ぶざーわすれてた」

「たしかにそのときの状況を考えると、無理もないことかもしれませんねぇ」

右京が判断を留保したとき、外から聖美を呼ぶ声がした。

「柳沼さん、火事だよ！　火が出てるよ！　柳沼さん！」

右京と薫が家の外に出る。先ほど聖美が出した段ボールが燃え、煙が立ち上っている。近所の住人が、バケツで水をかけているところだった。

「どうしたんですか⁉」

薫が質問すると、住人の男は「放火だよ！　誰かが火をつけたみたいで」と答えた。

周囲を見回した右京が、自転車で走り去る不審な人物を見つけた。

「亀山くん！」

右京の視線をたどり、言いたいことを理解した薫は、猛然と自転車を追った。

「ちょっと待った！」

角を曲がったところで自転車は通行人とぶつかって転倒した。「大丈夫ですか⁉」薫は通行人を気遣いながらもちゃんと不審者を捕まえた。それは佐竹良輔だった。

「なんで逃げた？　火をつけたの、君か⁉」

警視庁へ連行した良輔に、取調室で右京が質問した。

「柳沼家への一連の嫌がらせは、あなたの犯行だったんですね？」

良輔は素直に認めた。

「あの男のＳＮＳ、本当は読んでたんですよ。こんな男に母さんが殺されたのか……反省も後悔もしてないこんな男に……。それが、たった十四年で社会に出られるなんておかしいじゃないですか！　だから、あの男に思い知らせてやりたかった。そうでもしないと気が済まなかった。我慢できなかった。でも、そんな自分が嫌で嫌でしょうがなかった……」

薫が良輔の背中をポンポンと叩く。

「自分自身を嫌いになるなよ。自分が嫌だと思う気持ちこそ、君の本心だと俺は思うよ」

「はい」良輔は涙声でうなずいた。

「事件のことでなにか知ってることないかな？」

「あの殺された人は……」

「ヘルパーの町岡さん？」

「落書きしてるとき、あの人に見つかったんです……」

良輔が柳沼家の塀にスプレーで「人殺し死ね」と落書きしているのを町岡が見ていた。警察には知らせないでくれと懇願する良輔に、町岡はこう言ったという。

「あんたも柳沼勝治のこと、恨んでるんだ。待ってろ。あいつ、そのうち殺される」

良輔から意外な証言を聞いたそのとき、伊丹が怒鳴り込んできた。

「特命係の亀山！　どういうことだ、これは」

「取り込み中だ。あとにしろよ」

「そういうわけにもいかないんだよ！　こっちの事件を勝手に嗅ぎ回りやがって！」

「こっちもあっちもねえんだよ！」

伊丹と薫が怒鳴り合っていると、ふいに右京が立ち上がって良輔に言った。

「今日はこの辺にしておきましょう」

右京は捜査一課の三人に廊下で取り調べの内容を話した。それを聞いた伊丹が訊き返した。

「町岡が柳沼勝治を殺そうとしてた⁉」

「おそらくそういうことではないかと。事件前、町岡は百万円の借金を全額返済しています。柳沼勝治の殺害を依頼した人物から前もって報酬を受け取っていた、ということも考えられます」

「じゃあ、柳沼勝治を殺そうとしていたはずの町岡がなんで殺されるんですか？」

伊丹の質問に、右京は「共犯者がいたんじゃありませんかね」と答えた。

「共犯者ですか？」芹沢が身を乗り出す。

「ええ。強盗犯の仕業に見せかけたのは、共犯者と示し合わせてのことだったんですよ」

麗音も身を乗り出した。

「その共犯者が裏切って町岡を殺した？」

「おそらく」

「おい伊丹」薫が同期のライバルを名指しにする。「連続強盗犯どうなってんだよ？」

伊丹は仏頂面になり、後輩たちに顎をしゃくった。

「そっちのほうはシロのようです」

芹沢が答えると、麗音が補足した。

「今朝、被疑者を逮捕したんですけど、どうやらこの事件とは無関係だったみたいで……」

右京が申し出る。

「そういうことでしたら、伊丹さん、芹沢さん、出雲さん、皆さんぜひご協力を」

右京と薫は殺された町岡のアパートへ行き、部屋を捜索した。

薫がたんすの引き出しを開けながら言った。

「町岡は誰からの依頼で、柳沼勝治を殺すつもりだったのか……」

「そして共犯者は誰か、ですねえ」ゴミ箱を調べていた右京が一枚の紙片を拾い上げた。

「亀山くん」

薫が紙片をのぞき込む。

「ＡＴＭの振込明細票……」

振込先を見て、ふたりは顔を見合わせた。

四

「それじゃ、一時間ほどで戻りますので」

聖美が玄関から声をかけると、ヘルパーの洲本が出てきた。

「行ってらっしゃいませ。勝治さんのことならご心配なく」

「お願いします」

聖美は買い物に向かった。スーパーに向かう途中の大通りに出たところで、柳沼家に駆けつける途中だった薫が右京よりも先に聖美の姿を見つけた。

「あっ！　右京さん」薫は上司に声をかけ、聖美を呼び止めた。「聖美さん！」

柳沼家では洲本が勝治のベッド脇へ行き、人工呼吸器に手をかけたところだった。

「今度こそちゃんと殺してやる」

体の自由が利かない勝治に話しかけ、洲本は呼吸器のチューブを外した。アラーム音がけたたましく鳴り響く。

そこへ右京が飛び込んできた。

「何をしているんですか⁉」

あとに続いた聖美は、洲本を押しのけて人工呼吸器へ駆け寄ると、外れたチューブをつないだ。アラームが鳴り止む。

「大丈夫、勝治さん！」

「すみません！　体位変換したら、抜けちゃったみたいで……」

言い訳をする洲本の前に、右京が進み出た。

「この期に及んで、そんな子供じみた嘘が通用すると思いますか。洲本和哉、町岡卓也さんを殺したのはあなたですね」

薫が振込明細票を突きつける。

「事件の一週間前、町岡から百万円を受け取ってるな。これは勝治さん殺害の報酬の前金だろ。場所変えて、詳しく話聞かせてもらうからな！」

薫が洲本に詰め寄ったとき、無機質な合成音声が流れた。

「はははははは　またしっぱいか」

勝治が薄く目を開けて洲本を見つめていた。


警視庁の取調室で捜査一課の三人を前にして、洲本は激しく貧乏ゆすりをしていた。

「町岡ですよ、町岡。俺は町岡に誘われただけです。柳沼勝治を殺せば、二千万が手に入る。ふたりで山分けしようって」

体を小刻みに震わせる洲本に、芹沢が確認する。

「二千万？」

「それで町岡が前金として二百万受け取って」

伊丹が理解した。

「町岡がお前に百万円を振り込んだのは、そういうことか」

「なのに殺した理由はなに？」

麗音に質問され、洲本が答えた。

「あいつが急にやめようって言いだしたんですよ……」

急に臆病風に吹かれた町岡は、うまくいくわけがないからやめようと言った。百万もらったから、これで十分じゃないかと。しかし、洲本は二千万円を諦めきれなかった。町岡を後ろ手に結束バンドで縛って自由を奪い、テーブルに置いてあった果物ナイフをその腹に叩き込んだのだった。

「……二千万も用意して殺人を依頼するなんて、どうかしてますよ」

洲本が体を震わせながら言い張ると、伊丹は机を強く叩いて怒りをぶつけた。

「どうかしてんのはお前のほうだろ！」

聖美が待ち合わせ場所の公園で待っていると、目の前を五歳違いくらいのふたりの少女が笑いながら歩いて行った。少女たちの楽しそうなようすは在りし日の自分と綾の姿を彷彿《ほうふつ》させた。

聖美の物思いは右京の声で中断された。

「お待たせしました」

右京は今回の事件の説明をした。

「町岡と洲本ですが、ある人物の依頼で柳沼勝治を殺そうとしていました。その人物とは、他でもない柳沼勝治本人です……」

公園に来る前、特命係のふたりは柳沼家を訪れ、勝治を問い詰めていた。

「おれは　なにもしらない」

勝治はしらを切ったが、右京と薫は証拠を握っていた。

「町岡のスマホを解析してもらったら、匿名で送金できるアプリを使って前金の二百万を受け取っていた」

「その送金元をたどったところ、あなたに行き当たりましてね。あなたが二千万円の報酬で自分を殺すように依頼したんですね？」

ふたりは証拠を突きつけ、薫が「もうここまできたら正直に答えろ」と迫った。

「依頼したのは、あなたですね？」

右京が詰問すると、勝治はまばたきを一回してから、意思伝達装置でこう答えたのだった。

「しにたくても　じぶんじゃしねない」

聖美を前に、右京の説明が続く。

「……残りの報酬は事前に送金予約をして、決行日の三日後に送金される手はずになっていました。元々は連続強盗犯の犯行に見せかけるつもりだったようです。ところが、土壇場で心変わりした町岡を洲本が殺害し、報酬を独り占めにしようとした」

説明役が薫に代わった。

「そのとき、美和子が訪ねてきて、洲本は柳沼の殺害に失敗。当然報酬も受け取れずじまい」

「そこで今度はヘルパーとして近づいたわけです」

勝治の思惑を知った聖美がつぶやく。

「そんなことまでして、自分で自分の命を……」

「柳沼勝治はあなたの復讐心に気づいていました」

右京の言葉に、聖美の表情が強張《こわば》った。

「十五年前、柳沼勝治の厳罰化を求めて署名活動をおこなっていましたよね。彼はそのことをネットで調べて知ったと言ってました」

薫がもたらした情報で、聖美はあることに気づいたようだった。

「えっ、それじゃ……」

「ええ」薫がうなずく。「あの本名を使ってのSNS。あれもあえて恨みを買って、誰かが殺しに来てくれればいい、そう考えてのことだったらしいです」

「どこまでも自分勝手な男ですね」聖美は歯を食いしばると、心の内を打ち明けた。「私があの男と結婚したのは復讐のためです。綾ちゃんの命を奪ったあの男をこの手で殺してやりたかった」

右京が聖美の気持ちを汲《く》んだ。

「佐竹綾さんは、あなたにとってそれほど大切な人だったんですねえ」

「かけがえのない人でした。孤独だった私を救ってくれたのは綾ちゃんですから」

「だとしても、なんでそこまでして復讐を？」

薫が疑問をぶつけると、聖美は一瞬声を詰まらせ、それから静かに語りはじめた。

「私のせいだったんです。綾ちゃんが事件に巻き込まれたのは、私の……」

「えっ？」

「あの日、綾ちゃんと何年ぶりかで会う約束をしていました。本当に久しぶりで、楽しみにしていました。だけど私、約束の時間に遅れてしまったんです。到着したときには、事件が起きたあとで、柳沼は周囲の人に取り押さえられていました。私さえ時間に遅れなければ、綾ちゃんは殺されなかった……。まだ五歳だった良輔くんを残して、死なずに済んだんです。犯人のこと、人とは思えませんでした。絶対許さない。私が殺してやる。綾ちゃんへの償いに、犯人への復讐を誓いました。獄中にいるあの男へ、憎しみを心にもない甘い言葉に変えて書きつづって……。最初は突っぱねていたあの男も、少しずつ心を開くようになりました」

聖美が自嘲するように小さく笑みを浮かべると、右京が言った。

「そして今から三年前、あなたと柳沼勝治は結婚した」

「あとは出所を待つだけでした」

「ところが出所の直前、脳卒中で倒れた」

薫の言葉を受け、聖美が続けた。

「まぶたしか動かせなくなったあの男は私にこう言ったんです。『おれをころせ』って。なんて勝手な男だろうって思いました。だから私、思い直したんです。だったらあの男を献身的に支えて、いつかあの男が生きる希望を見いだした、そのときに殺してやろうって」

聖美の憎しみの深さを知った右京が、右手の人差し指を立てた。

「ひとつだけ。洲本が人工呼吸器のチューブを抜いたとき、真っ先に駆け寄って柳沼勝治の命を救ったのはなぜでしょう?」

「憎んでいたはずなのに」薫が言い添えた。

そのときの心の動きを聖美は自分でもきちんと整理できてはいなかった。

「私、あの男があのまま死ぬのが悔しかったんだと思います。綾ちゃんの命を奪ったことを悔いることなく、死ぬなんて許さない。どうやって許したらいいんですか? どうやって許したらいいんですか⁉」

　感情を高ぶらせる聖美に、薫は真摯に向き合った。

「聖美さん、あなたの綾さんを思う気持ちはすごくよくわかります。だけどあなたは十分苦しんだ。もう自分を許してあげてください」

　右京の信念が揺らぐことはなかった。

「聖美さん、ひとつはっきりしていることがあります。この世に人を殺して解決できることなどありません」

　聖美の肩が震え、頬をひと筋の涙が伝った。

　翌日、聖美はいつものように勝治のリハビリをおこなっていた。勝治の目を見て、聖美は言った。

「あなたには、自分の罪と向き合うまで死んでほしくない」

　勝治が視線を聖美に向けた。

「勝手に死なせないから。私、見張ってるから。ずっとあなたを見てるから」

　立ち上がった聖美の背中に向かって、勝治がまばたきを一回した。

　家庭料理〈こてまり〉は、その夜、貸し切りになっていた。

女将《おかみ》の小手鞠こと小出茉梨がワイングラスを手に、声を張った。

「それでは、美和子さんの快気祝いと雑誌掲載を祝しまして、乾杯！」

「かんぱーい」

今夜は右京もいつもの猪口《ちょこ》ではなく、ワイングラスを手にしていた。

「ありがとうございます」美和子が頭を下げる。「こんな豪華なお料理までたくさん用意していただいて」

「本人またね、美和子スペシャル作る気満々だったので、助かりました」

薫がばらすと、美和子が頬を膨らませた。

「なによ『助かりました』って」

「『残念でした』の間違いです」

小手鞠が雑誌を手に取った。

「でも本当に嬉しいわ。こうやって美和子さんの記事が雑誌に載って」

小手鞠が開いたページには、「私はなぜ受刑者の妻になったのか」というタイトルが、聖美の写真とともに大きく載っていた。

「これがまた評判よくて」と薫。

「拝読しました」右京が微笑《ほほえ》んだ。「とてもいい記事だと思いますよ。聖美さんの心境に鋭く斬り込みながらも、理性的な語り口が保たれていて感心しました」

「本当にいい記事だわ」小手鞠も同意した。

「右京さんたちに褒めてもらうと照れちゃうなあ」

頭をかく薫に、右京が言った。

「君を褒めたわけじゃありませんから」

「あっ、そっか！」

「それもこれも右京さんが真相を解明してくれたおかげです。ありがとうございます」

「いえ、すべては美和子さんの情報のおかげです」

美和子と右京が互いに礼を言い合うと、薫が咳払《せきばら》いをした。

「あの、美和子、俺もそこそこ頑張ったんだからね」

「まあ、そこそこね」

「いやいや、なかなかかな。どうでしょう？　右京さん」

薫に振られた右京は、微笑みながらまばたきを一回した。

相棒season 21（第9話〜第14話）

STAFF

エグゼクティブプロデューサー：桑田潔（テレビ朝日）
チーフプロデューサー：佐藤凉一（テレビ朝日）
プロデューサー：髙野渉（テレビ朝日）、西平敦郎（東映）、
土田真通（東映）
脚本：輿水泰弘、根本ノンジ、瀧本智行、櫻井智也、
岩下悠子、川﨑龍太
監督：権野元、橋本一、内片輝、守下敏行
音楽：池頼広

CAST

杉下右京……………………………水谷豊
亀山薫……………………………寺脇康文
小出茉梨…………………………森口瑤子
亀山美和子………………………鈴木砂羽
伊丹憲一…………………………川原和久
芹沢慶二…………………………山中崇史
角田六郎…………………………山西惇
出雲麗音…………………………篠原ゆき子
益子桑栄…………………………田中隆三
土師太……………………………松嶋亮太
大河内春樹………………………神保悟志
中園照生…………………………小野了
内村完爾…………………………片桐竜次
衣笠藤治…………………………杉本哲太
社美彌子…………………………仲間由紀恵
甲斐峯秋…………………………石坂浩二

制作：テレビ朝日・東映

第９話　　初回放送日：2022年12月14日

丑三つのキョウコ

STAFF

脚本：根本ノンジ　監督：権野元

GUEST CAST

青山加奈 ………… 江田友莉亜　　足立達夫 ………… 廣川三憲

第10話　　初回放送日：2022年12月21日

黒いコートの女

STAFF

脚本：瀧本智行　監督：橋本一

GUEST CAST

黒いコートの女(菅野茉奈美) ……… 橋本マナミ

安西正則 ……………… 五代高之　　安西美月 ………… 加藤柚凪

第11話　　初回放送日：2023年1月1日

大金塊

STAFF

脚本：輿水泰弘　監督：権野元

GUEST CAST

袴田茂斗 ………… 森崎ウィン　　大門寺寧々 …… 茅島みずき

串田純哉 …………… 佐藤Ｂ作　　大門寺尚彦 …… 斉木しげる

野崎長吉 ……………… 井上肇　　袴田虹子 ……いしのようこ

袴田茂昭 ………… 片岡孝太郎

第12話　　初回放送日：2023年1月11日

他人連れ

STAFF

脚本：櫻井智也　監督：内片輝

GUEST CAST

南野浩一 ………… 駒木根隆介　工藤武志 ……………… 潤浩

第13話　　初回放送日：2023年1月18日

椿二輪

STAFF

脚本：岩下悠子　監督：内片輝

GUEST CAST

牧村智子 ……………… 中山忍　大宮アカネ ……………… 花澄

第14話　　初回放送日：2023年1月25日

まばたきの叫び

STAFF

脚本：川﨑龍太　監督：守下敏行

GUEST CAST

柳沼勝治 …………… 忍成修吾　柳沼聖美 …………… 陽月華

相棒《あいぼう》 season21　中

朝日文庫

2023年11月30日　第1刷発行

脚　　本　輿水泰弘《こしみずやすひろ》　根本《ねもと》ノンジ　瀧本智行《たきもとともゆき》
櫻《さくら》井《い》智也《ともなり》　岩下悠子《いわしたゆうこ》　川﨑龍太《かわさきりゅうた》

ノベライズ　碇《いかり》　卯人《うひと》

発 行 者　宇都宮健太朗
発 行 所　朝日新聞出版
〒104-8011　東京都中央区築地5-3-2
電話　03-5541-8832（編集）
03-5540-7793（販売）
印刷製本　大日本印刷株式会社

定価はカバーに表示してあります

ISBN978-4-02-265126-6

落丁・乱丁の場合は弊社業務部（電話 03-5540-7800）へご連絡ください。

送料弊社負担にてお取り替えいたします。

相棒season12（上）
脚本・輿水　泰弘ほか／ノベライズ・碇　卯人

陰謀論者が語る十年前の邦人社長誘拐殺人事件が、警察組織全体を揺るがす大事件に発展する「ビリーバー」など七編を収録。《解説・辻村深月》

相棒season12（中）
脚本・輿水　泰弘ほか／ノベライズ・碇　卯人

交番爆破事件の現場に遭遇した甲斐享が残すヒントをもとに、杉下右京が名推理を展開する「ボマー」など六編を収録。《解説・夏目房之介》

相棒season12（下）
脚本・輿水　泰弘ほか／ノベライズ・碇　卯人

〝証人保護プログラム〟で守られた闇社会の大物の三男を捜し出すよう特命係が命じられる「プロテクト」など六編を収録。《解説・大倉崇裕》

相棒season13（上）
脚本・輿水　泰弘ほか／ノベライズ・碇　卯人

特命係が内閣情報調査室の主幹・社美彌子と共に、スパイ事件に隠された〝闇〟を暴く「ファントム・アサシン」など七編を収録。

相棒season13（中）
脚本・輿水　泰弘ほか／ノベライズ・碇　卯人

〝犯罪の神様〟と呼ばれる男と杉下右京が対峙する「ストレイシープ」、鑑識課の米沢がクビを宣告される「米沢守、最後の挨拶」など六編を収録。

相棒season13（下）
脚本・輿水　泰弘ほか／ノベライズ・碇　卯人

杉下右京が恩師の古希を祝う会で監禁事件に巻き込まれる「鮎川教授最後の授業」、甲斐享最後の事件となる「ダークナイト」など五編を収録。

相棒season14（上）
脚本・輿水　泰弘ほか／ノベライズ・碇　卯人

異色の新相棒、法務省キャリア官僚・冠城亘が登場！　刑務所で起きた殺人事件で、新コンビが活躍する「フランケンシュタインの告白」など七編。

相棒season14（中）
脚本・輿水　泰弘ほか／ノベライズ・碇　卯人

殺人事件を予言した人気漫画に隠された真実に迫る「最終回の奇跡」、新政権発足間近に起きた爆破事件を追う「英雄～罪深き者たち」など六編。

相棒season14（下）
脚本・輿水　泰弘ほか／ノベライズ・碇　卯人

山深い秘境で遭難した右京が決死の脱出劇を繰り広げる「神隠しの山」、警察訓練生による大量殺戮テロが発生する「ラストケース」など六編。

相棒season15（上）
脚本・輿水　泰弘ほか／ノベライズ・碇　卯人

ある女性の周辺で起きた不可解な死の真相に、右京と亘が迫る「守護神」、独特なシガーの香りから連鎖する事件を解き明かす「チェイン」など六編。

相棒season15（中）
脚本・輿水　泰弘ほか／ノベライズ・碇　卯人

郊外の町で隠蔽された警察官連続失踪の闇に迫る「帰還」、目撃者への聴取を禁じられ、出口の見えない殺人事件に挑む「アンタッチャブル」など六編。

相棒season15（下）
脚本・輿水　泰弘ほか／ノベライズ・碇　卯人

籠城犯の狙いを探りあてた右京が、亘とともに巨悪に挑む「声なき者」、世間を騒がせる投稿動画に特命係が鋭く切りこむ「ラストワーク」など五編。

朝日文庫

相棒season16（上）
脚本・輿水　泰弘ほか／ノベライズ・碇　卯人

証拠なき連続殺人事件に立ち向かう特命係と権力者たちとの対峙を描く「検察捜査」、銀婚式を目前にした夫婦の運命をたどる「銀婚式」など六編。

相棒season16（中）
脚本・輿水　泰弘ほか／ノベライズ・碇　卯人

外来種ジゴクバチによる連続殺人に特命係が挑む「ドグマ」、警視庁副総監襲撃事件と過去の脅迫事件との繋がりに光を当てる「暗数」など六編。

相棒season16（下）
脚本・輿水　泰弘ほか／ノベライズ・碇　卯人

不穏な手記を残した資産家の死をホームレスと共に推理する「事故物件」、ホステス撲殺事件に隠された驚愕の真実を解き明かす「少年A」など六編。

相棒season17（上）
脚本・輿水　泰弘ほか／ノベライズ・碇　卯人

資産家一族による完全犯罪に右京の進退を賭けて挑む「ボディ」、拘禁中の妖艶な女詐欺師が特命係を翻弄する「ブラックパールの女」など六編。

相棒season17（中）
脚本・輿水　泰弘ほか／ノベライズ・碇　卯人

外国人襲撃事件を単独捜査する伊丹の窮地を救う「刑事一人」、凱旋帰国した世界的歌姫が誘拐・殺人事件に巻き込まれていく「ディーバ」など六編。

相棒season17（下）
脚本・輿水　泰弘ほか／ノベライズ・碇　卯人

経産省キャリア官僚殺害事件の謎を追う「99%の女」、少年の思いに共鳴した〈花の里〉の女将、幸子の覚悟と決断を描く「漂流少年」など六編。

朝日文庫

相棒season18(上)

脚本・輿水 泰弘ほか/ノベライズ・碇 卯人

鍛え抜かれた肉体を持つ連続殺人犯と極北の地で対峙する「アレスの進撃」、青木の父親役で右京が代理婚活パーティーに潜入する「ご縁」など六編。

相棒season18(中)

脚本・輿水 泰弘ほか/ノベライズ・碇 卯人

横領容疑で逮捕された教授たちの真の狙いを解明していく「檻の中」、山岳信仰の残る山村で地面に磔にされた変死体の謎に迫る「神の声」など五編。

相棒season18(下)

脚本・輿水 泰弘ほか/ノベライズ・碇 卯人

スコットランドヤード時代の右京の元相棒との最終決戦に挑む「善悪の彼岸」、不正経理をめぐる謎の転落死の真相を暴く「突破口」など六編。

相棒season19(上)

脚本・輿水 泰弘ほか/ノベライズ・碇 卯人

白バイ警官銃撃事件の手掛かりを掴むべくVR上の仮想国家の謎に挑む「プレゼンス」、死の直前の買物が事件解明の糸口となる「目利き」など六編。

相棒season19(中)

脚本・輿水 泰弘ほか/ノベライズ・碇 卯人

右京の前に現れたフリージャーナリストの真の狙いが明らかになる「オマエニツミハ」、亘が詐欺グループのアジトに潜入する「欺し合い」など六編。

相棒season19(下)

脚本・輿水 泰弘ほか/ノベライズ・碇 卯人

仮想国家の支配者と特命係の最終決戦を描く「暗殺者への招待」、雨宿りの客のハンカチを届けた小手鞠が事件に巻き込まれる「忘れもの」など六編。

相棒season20(上)
脚本・輿水 泰弘ほか/ノベライズ・碇 卯人

拘置所内の不審死から官房長官主導の暗殺事件の顚末を暴く「復活」、刺殺されたベストセラー作家の死の真相を解明する「マイルール」など五編。

相棒season20(中)
脚本・輿水 泰弘ほか/ノベライズ・碇 卯人

亘の姉からの、記憶喪失の男性を保護したという依頼が意外な展開を生む「二人」、二〇年前の刺殺事件を解明する「生まれ変わった男」など六編。

相棒season20(下)
脚本・輿水 泰弘ほか/ノベライズ・碇 卯人

有力国会議員の襲撃に失敗した男が出所後再び狙っているという情報が浮上し……。四代目相棒のラストを飾る「冠城亘最後の事件」など六編。

杉下右京の密室
碇 卯人

右京は無人島の豪邸で開かれたパーティーに招待され、主催者から、参加者の中に自分の命を狙う者がいるので推理して欲しいと頼まれるが……。

杉下右京のアリバイ
碇 卯人

右京はロンドンで殺人事件の捜査に協力することに。被害者宅の防犯カメラには一五〇キロ離れた所にいる奇術師の姿が。不可能犯罪を暴けるか?

杉下右京の多忙な休日
碇 卯人

杉下右京は東大法学部時代に知り合った動物写真家・パトリシアに招かれてアラスカを訪れる。そこでは人食い熊による事件が頻発しており……。